（全新译本）

莎士比亚十四行诗
WILLIAM SHAKESPEARE

[英] 威廉·莎士比亚 著
伊沙 老G 译

青海人民出版社

图书在版编目(CIP)数据

莎士比亚十四行诗 / (英)莎士比亚著；伊沙, 老G 译. —西宁：青海人民出版社, 2014.5
ISBN 978-7-225-04724-9

Ⅰ.①莎… Ⅱ.①莎…②伊…③老… Ⅲ.①十四行诗—诗集—英国—中世纪 Ⅳ.①I561.23

中国版本图书馆CIP数据核字(2014)第080563号

Gramercy Books
A division of Random House Value Publishing, Inc
40 Englhard Avenue,
Avenel, New Jersey 07001 Copyright@1975

莎士比亚十四行诗
[英]莎士比亚 著
伊沙、老G 译

出 版 人	樊原成
出版发行	青海人民出版社有限责任公司
	西宁市同仁路10号 邮编：810001
	电话：(0971)6143426(总编室)
发行热线	(0971)6143516 / 6137731
印 刷	陕西龙山海天艺术印务有限公司
经 销	新华书店
开 本	880mm×1230mm 1/32
印 张	6.375
字 数	80千
版 次	2014年5月第1版
印 次	2014年5月第1次印刷
书 号	ISBN 978-7-225-04724-9
定 价	36.00元

版权所有，未经书面许可，不得转载、复制、翻印，违者必究

如果我能够写出你眼睛的美丽,

在清新的诗行中清点你全部的魅力,

未来的时代将会指认这是诗人的谎言,

如此神圣非凡的品质永不触及世俗的嘴脸。

——威廉·莎士比亚

1

从至美的生灵中走来我们欲望蓬勃，

因此美丽的玫瑰或许永远不会枯死，

既然瓜熟蒂落会随着时间萎缩，

他稚嫩的子孙该承担他的记忆：

可你，与你明亮的双眸海誓山盟，

以自身做燃料喂养你目光的烈焰，

在丰饶栖息的地方制造一场饥馑，

你是你的仇敌，对你芬芳的自身太过凶残：

你成为今日世界的新鲜点缀，

且作为惟一的先驱把俗丽的春天面对，

你心满意足地站在你的萌芽和大地之间，

幼稚的农民却在吝啬中制造浪费：

  可怜可怜这个世界吧，否则这个饕餮之徒，

   将吞下世界的应得之物，通过你和这坟墓。

2

当四十个严冬围困你的额头眉毛

在你美丽田野上挖出深深的战壕,

你青春骄傲的华服,此刻如此引人注目,

将变成一把破碎的廉价的杂草,

继而追问:你全部的美丽现在何方,

何处是你盛年岁月的奇珍异宝,

如果说:在你深深凹陷的双眼之间,

是一份饕餮的羞惭和毫无价值的荣耀。

有多少赞美配得上你美丽的善用,

如果你能够回答: 如此,我美丽的孩子

将偿还我的债务并宽恕我的衰老,

证明他的美丽继承于你!

  当你日渐衰老,将成为新的创造,

  当你感到寒冷,只见你热血沸腾。

3

用镜子照照自己，将你的视觉告诉这张脸，

现在是时候了，脸应当换一张，

如果现在你不将旧貌换新颜，

你定会欺世盗名，咒爹骂娘。

何处有她这样的美，她处女的

子宫鄙视你的辛勤耕耘？

或有谁像他那么讨人喜欢，愿做

自恋自爱自绝后代的坟茔？

你是你母亲的镜子，她在你身上

唤回她可爱的青春四月天

同样，透过年代的窗口你会洞见，

属于你的这一个黄金时代，无视皱纹的浮现。

  倘若生不被当世记载，

  那就独自去死，你的肖像与你同在。

4

挥霍无度的小可爱,为何你要用尽
你身上美丽的遗产?
造化之遗产赐予虚无,除去做贷款,
她只给坦坦荡荡的人免单:
那么,美丽的小气鬼,为何你要滥用,
那慷慨赠予你的你要随手送出去?
为何你要被一无是处的高利贷者利用
背负如此巨大的金额日子还怎么过下去?
因为你只跟你一个人做交易,
你的自我,你香喷喷的自我,便是自欺,
而后,造化何时唤你离去,
什么样的审计允许你离去?
  你未及挥霍的美丽与你葬在墓中,
   被活着的遗嘱执行人占用。

5

这些用温柔的手工编织而成的时辰，
面对众目睽睽可爱的凝视，
面对芸芸众生将扮演暴君，
造成美人变为老丑的不公：
因永不停息的时间把夏天引向
狰狞的冬天并将他挫败在那里，
树液凝霜，绿叶飘零，
美丽被雪覆盖，大地赤身裸体：
而后，夏天的精华一无所剩，
一名液体的囚犯被关押在玻璃大墙里，
美丽的效果与美丽一起被剥夺，
没有美也没有美曾存在的记忆。
　　但被提炼出的花露，纵然与冬天相见，
　　失去的只是表演，它们依然香气弥漫。

6

那么,别让隆冬锯齿状的糙手丑化,
在你的盛夏,你已被提炼成精华:
芳香小瓶,珍藏某处,
与美丽的宝藏在一起,它没有自杀
那样的取用并非是被禁止的高利贷,
心甘情愿偿还利息;
那是为你繁殖出另一个你,
或十倍的快乐,十为了一,
十倍的你比你现在更快乐,
如果你十倍于重新塑造的你。
那么即使你离去,死神又奈何,
你把自己留在后世子孙的生命里?
  切莫固执任性,你倾国倾城,
    将被死神所征服并让蛆虫做子孙。

7

看啊,在这东方,当亲切的朝阳

抬起他的头颅,每一只下界的眼

都向他初升的景象致敬,

用仰望迎候他的神圣威严,

继而他登临陡峭而上的苍穹顶峰,

在其中年,壮若青春,

人类的仰望膜拜他美丽的寂静,

追随他金色的朝圣之行:

但当他自巅峰与劳顿的舟车一起坠落,

仿佛垂暮之年他从白天蹒跚而过,

睽睽众目(先前顺从)改变信仰,

从他谦卑的足迹移开,望向他方。

　　你也如此,倘若你在全盛的正午离去,

　　无人关注你的死,除非你有一个儿子。

8

听音乐，为何你总是听出悲声？

甜美并不相克，欢乐彼此相生：

为何爱你所不欲之欢乐，

或是欣然接受你的悲情？

如果调好的声音的精准与和谐，

通过联姻冒犯了你的耳朵，

它们只是温柔地谴责你：沉湎于

一己私情，虽然你伸长了耳朵：

如何将一根琴弦调教成另一根的宝贝丈夫，

通过彼此呼应而又各司其职铮然有声，

宛若父亲、孩子和快乐的母亲，

他们站成一排，齐声欢唱，音符飞升：

  他们的无字歌貌似多多，实为一曲，

  如此这般唱给你：你孑然一身证明空虚。

9

是否为怕打湿一位寡妇的眼睛,

你就在单身生活中消费着自己,

啊,如果无后的你溘然长逝,

世界将哭你,仿佛丧偶之妻。

世界将沦为你的遗孀,静静

哭泣,你不曾将你的容颜遗留世上,

当每一个寡妇通过孩子们的眼睛

在心中很好地珍藏她丈夫的形象:

看啊,一个浪子在人间虚度了什么

徒留他的寓所,世界仍在享受;

但美丽的浪费在世上终有尽头,

一直不用就等于任其腐朽:

  那样的心中对他人无爱,

   如此自私令己低至尘埃。

10

出于羞怯,否认你并非不爱一切,
对自己反倒毫无了解。
愿意你就承认:多少人钟情于你,
但你一无所爱,也是昭然若揭。
你走火入魔,仇恨满腔,
你反抗自己,暗藏杀机,并无妙计,
谋求大厦倾颓华屋拆毁,
重建一切成为你首要的心意:
哦,回心吧,我也可以转意,
难道仇恨会比温柔的爱情更诉诸公正?
你仪态万方外表善良,
至少对自己也要有个心地善良的证明,
  为了爱我,另外再造一你,
  给美丽多一个存活的余地。

11

像命中注定的死亡一样迅捷,

你生长在另一个你中,金蝉脱壳而去,

和那被年轻的你在暗中灌注的新鲜血液,

你呼唤着你,当你被远去的青春所抛弃,

此处聚居着智慧、美丽和繁衍,

不住愚昧、年龄和冷酷的衰变,

如果所有人都这么想,时间大河便会自断,

只需要六十年,世界便会完蛋:

让那些不知建造仓廪府库的

粗鲁、平庸和尚未开化的族群,贫瘠地死去,

看啊,她把最好的给你,她给你的便会更多,

对她慷慨馈赠的大礼,你当倍加珍惜,

  她将你雕刻成她的印章,

   其意是:你当印出更多张,也莫让副本消亡。

12

当我数着那报告时间的座钟，

目睹勇敢的白天沉入可怕的夜晚，

当我凝视凋谢的紫罗兰，

黑貂皮的卷发被皑皑白雪覆盖得银光闪闪，

当我看见高高的树上绿叶凋零，

往昔曾为牧羊人遮风挡雨躲避赤日炎炎，

夏日的芳草全都被扎成捆，

在棺材上结出果实长出愤怒的白髯，

于是你的美丽让我难免焦虑，

你必须离去，在时间的废料之上，

既然芬芳和美丽都将自弃，

死去便快似它们所见到的万物生长；

  虚无与时间的镰刀作战，

    拯救繁衍，令他勇敢，当他将你引向未来的时间。

13

哦,你是你自身,但爱你

不再是爱你本身,当你不在这世上,

对此正在降临的终点你当做好准备,

快呈现给世人你那俊美的形象。

这样,你所租赁的美丽

便永远不会到期,于是你

又将成为自身,当你死去,

当你的俊美遗传给你的儿子。

谁肯让如此一座华厦倾颓,

精心看守便得以维护,

抵御严寒冬日的狂风暴雪,

和死神永远冷酷的寸草不生的暴怒。

  哦无人除了浪子,亲,我的爱,你知道,

  你有一个父亲,让你的儿子也如此宣告。

14

我并不是从星星上摘下我的判断,
我上知天文——我仍然认为,
但不是在报告运势的好坏,
瘟疫、饥馑,或四季的风水,
我也不能分分钟就算出命运,
指点他的每一场的风霜雷雨,
或报告国王流年可有大利
依据不可泄露的天机。
我的知识源自你的眼睛,
和永恒的星星,我从中读出如此之艺术
仿佛真与美相生相长,
倘若来自你自身,便会将你珍藏流传千古:
  否则,我将做出如此之预言,对你,
   你的大限就是真与美的厄运与死期。

15

当我思忖生长的万物

拥有的完美,只在刹那之间,

这台大戏一无展示除了表演,

舞台之上,星星暗中操纵着人们的评判;

当我感到人类生长好似草木繁殖,

饱受万众欢呼与千难万险,甚至在同一片天空,

它们年轻气盛,盛极而衰,

抛在记忆之外的是它们损耗殆尽的勇猛;

于是这无常的幻想保留下来

将你最昂贵的青春安放在我面前,

在那里荒废的时间与腐烂合谋,

要将你青春的白昼变成肮脏的夜晚;

  为了爱你,我与时间作战,

  当他攫取于你,我愿成为你的新欢。

16

但是你为何不用更强有力的手段

与血腥的暴君——时间作战?

用比我沉闷无趣的诗韵更多的祝福

加筑一道防御工事来阻止你的衰变?

此刻你站在极乐一刻的巅峰,

许多处女的花园尚未播种,

贞洁地期盼承接你生命的花朵,

比你的画像更酷似你的真容。

因此只有生命的线条才能将生命修补,

这一支(时间的铅笔)或我眼睛的钢笔,

无论内在的价值还是外在的美丽,

都无法令你复活,在人类的眼里。

  只有放弃自己才能保全自己,

  你只有活在画里,通过你生花的妙笔。

17

在未来的时间谁会相信我的诗篇,

如果用你的至善至美将其填满?

尽管只有天上的诸神知道它像座陵墓

隐藏起你的生命,不显示你的另一半。

如果我能够写出你眼睛的美丽,

在清新的诗行中清点你全部的魅力,

未来的时代将会指认这是诗人的谎言,

如此神圣非凡的品质永不触及世俗的嘴脸。

因此我的诗页将会与它们的时代一起泛黄,

被瞧不起,像比舌头更少诚实的老朽,

你配得的赞扬是用特别的词汇表达出诗人的愤怒,

一首古老的诗歌传遍地球:

  到那时你的孩子还活着,你当活两次,

   在他身上,在我诗里。

18

我可否将你比作夏天?

你比它更加可爱更加温暖:

狂风摇颤五月可爱的蓓蕾,

夏天的租期过于短暂:

有时又太热,天空的眼睛照射,

他金黄的肤色常常隐没;

每一种美丽都来自美丽的凋落,

被意外或自然更替的过程剥夺;

但你永恒的夏天不会褪色,

不会失去你所拥有的姹紫嫣红;

死神也不再夸下海口:你在他的阴影里流连,

当你的生长朝向时间,在永恒的诗篇中:

  如此长久,像人类一息尚存,或洞见的眼睛,

  如此长久,你活在本诗中,诗给你生命。

19

饕餮的时光磨钝了你这头狮子锐利的爪子,

并使大地吞食她自己的宝贝孩子,

从猛虎的下巴拔掉它尖利的牙齿,

点燃永生的凤凰令其涅槃,在她的血液里。

让或悲或喜的季节像你一样敏捷,

你如何令捷足先登的时光满脸憔悴,

面对大千世界和她所有落尽的芳菲:

但我阻止你犯下这十恶不赦的大罪,

哦,别用你的时光雕刻我爱人美丽的眉毛,

也别用你古老的钢笔在那里画下线条,

请保证你所描画的他没有污点,

作为美的典范留在未来的人间。

  不管你有多么糟的过去:不管你曾犯下多大的罪行,

  我的爱将在我的诗中万古长青。

20

你拥有造物主亲手描画的一张女人的脸,
你是我所钟情的上帝的情妇,
一颗女人的温柔之心,但并不反复无常
变幻莫测好像虚伪女人的装束,
一双比女人更明亮的眼睛,并不顾盼生假:
无论它凝视何方,目睹之物便镀上黄金,
统御百花园令群芳黯然无颜色的美男子,
夺走男人的眼球,震撼女人的灵魂。
起初造物主一直把你当成女人造的,
直到锻造你时坠入情网,
于是增加一个人:用于被你打败的我,
于是添上一件事:让我变得毫无志向。
　　但是既然她造出你是为了取悦女人的用途,
　　我的爱便是你的爱,而你的爱已经沦为她们的财富。

21

如此之弊属于缪斯而不属于我,

对其诗篇涂脂抹粉,

连天空本身也被当作点缀之用,

每一个东施都在效颦,

喜用浮夸之比喻,

喜用太阳和月亮,喜用大地

和大海的瑰宝:喜用四月初放的鲜花

和所有罕见的事物,穿着大筒裙的天空的大气。

哦,让我真正地爱而不仅仅真实地写,

然后相信我,我的爱像美人一样,

像每一位母亲的孩子一样,尽管它不像

天空的大气中那些被固定的金色蜡烛那么明亮:

  喜欢造谣者,让其把嘴卖,

  我也不赞美:我志不出卖。

22

我的镜子不会说服我:我垂垂老矣,
如此长久仿佛青春而你是一个日期,
但当我看到时间的犁沟浮现在你脸上,
随即便看见我的死亡,我的日子
该当赎罪。因为所有装点你的美丽,
都是我心灵体面的布衣,
它在你身上活着,仿佛你在我身,
那么我又怎么可能比你先行老去?
哦,因此爱须如此自重,
就像我不为己而是为你的感情,
承担着我将无比珍视的你的心灵,
好像温柔的保姆呵护宝宝远离疾病。
　　当我心死,别指望你的脉搏还跳,
　　你送给我你的心也不是为了再将它索要。

23

就像舞台上一个蹩脚的戏子,
因胆怯而置自己的角色于不顾,
或像怒火中烧的热锅上的蚂蚁,
越是用力过猛越是心劲不足;
同样,我怕担责任,忘记了表达,
在爱情典礼的完美仪式上,
我自身爱的力量似乎已经衰竭,
也许已经承担不起我爱的重量,
哦,让我的形象做我的口才吧,
将我的心声无言诉说,
乞求爱情,寻求赔偿,
胜过那喋喋不休的口舌,
  哦,请学会阅读沉默的情书,
  用眼睛倾听属于爱情的美文艺术。

24

我的眼睛扮作画家,用纯钢

将你美丽的形象镶嵌在我心灵的桌面上;

我的身体是它在此处所拥有的画框,

透视是画家的法宝,至高无上。

因为必须通过画家你才能看出他的技巧,

才能发现你真正的肖像画究竟何在,

它仍然挂在我胸中的画廊,

你的双眼凝视着他的窗台:

现在请看:一切变得多么好!眼睛为眼睛

所做的,我的眼睛画出你的形象,而你

眼睛成为开向我胸膛的窗,透过那里,

太阳喜欢偷窥凝望里面的你;

  然而这双狡猾的眼睛想令它们的艺术魅力大增,

  它们也只能画出它们之所见,不知其心灵。

25

让那些众星捧月一般的人，

自夸其公众名声和显赫荣誉，

鸿运高照的光芒之外的我，

在我所敬仰的事业中享受意外的乐趣；

王公贵戚铺展开他们的金枝玉叶，

不过像太阳眼中的万寿菊，

在他们身上，他们的骄傲被埋葬，

转瞬之间，他们便在荣耀中死去。

饱尝痛苦的沙场勇士战功赫赫，

百战百胜后的败走麦城，

便被功劳簿恶狠狠地一笔勾销，

一生的功劳和苦劳顷刻之间全被清零：

  那么，爱人与被爱，我多么欢畅，

  我可以不迁离故乡，又可以不远走四方。

26

我的爱情的主啊，你的功绩

令我服侍你的责任心强大而又密集；

我派去这个文字大臣给你

是为了证明责任，而不是展示才力。

责任如此重大，我的才力如此可怜，

似乎只能少言寡语赤裸裸与你相见，

但我希望你灵魂的思想（全都赤裸裸）中

一些美好的意念给它以恩典：

直到任何星辰都能引我前行，

指点我，带着公正的优雅的笑容，

给我衣衫褴褛的爱情穿上华服，

表示我值得你和颜悦色的尊重，

  那时，我或许敢于自夸我对你有多么爱，

  那时，你要我证明给你看，我还是不敢露出头来。

27

筋疲力尽，我连忙上床，

心疼地顺应我旅途劳顿的肢体，

但紧接着又开始了一段旅程，在我大脑中，

我的精神又开始工作，当我的身体在休憩。

因为我的思想（来自我无法到达的远方）

渴望去你那里来一次虔诚的朝圣，

让我昏昏欲睡的眼睛大睁，

眺望盲人也能看见的黑暗的苍穹。

还有我灵魂的幻视

将你的身影投向我看不见的视线，

像一颗宝石（悬挂在可怕的夜晚）

让黑夜变得美丽，让其旧貌换新颜。

  这样，穿过白天我的肢体，穿过夜晚我的精神，

  为你，为我自己，一刻不停。

28

然后,我又怎么能够快乐地归来
既然无法得到休憩的关爱?
当白天的压力在夜里也得不到缓解,
只是日以继夜、夜以继日地袭来。
而它们彼此(尽管是敌人)
却携起手来将我折磨,
一个用劳顿,一个用抱怨,
我辛苦跋涉得何其遥远,但却与你更加远隔。
为了讨好我告诉白天说:你是光明,
乌云玷污天空时,你将其驱散,
我如此奉承黑皮肤的夜晚,
当闪耀的星星不眨眼,你甚至为其镶上金边。
  可是啊白昼日日将我的悲伤拉长,
  黑夜夜夜助长并增强悲伤的力量。

29

饱尝命运的捉弄和世人的冷眼,

我徒有暗自饮泣我的四海飘零,

向装聋作哑的苍天发出徒劳的哭喊,

顾影自怜,诅咒命运。

期盼我像另一个人:富有希望,

相貌不凡,呼朋引伴,

想要这人的艺术,想要那人的眼光,

至少与自己情有独钟永不餍足的事物相伴。

但是,在这些念头中我妄自菲薄,

偶然想到你,于是我的精神为之抖擞,

(仿佛云雀自沉闷的大地破晓而出

一飞冲天)高唱赞美诗,在天堂大门口,

  犹记你甜美的爱情带来万贯财富,

   用国王的王冠来换我也不屑一顾。

30

亲密静谧的思想交流,

唤起我对往事的回忆,

我为我的无所追求而叹息,

怀着旧恨,为虚度年华而哭泣:

于是泪水决堤淹没我眼(此前从未泛滥),

为长眠在死亡的漫漫长夜中的挚友,

哭泣新的爱情早已取缔悲伤,

哀叹许多音容笑貌化为乌有。

于是我为过去的不平而悲伤,

沉重难支:从悲伤到倾诉悲伤,

或是悲哀地细数先前的哀叹呻吟,

如果那是未偿旧账我便重新还上,

  但是如果我在那会儿想起你(挚友)

  所有的损失全都回收,悲伤到尽头。

31

你的胸怀因有心灵而可亲可近,

当它空空荡荡证明我已经死去,

那里君临着爱情和最忠诚的情种,

我思念的所有挚爱全都葬在那里。

有多少神圣而顺从的泪水

已被虔诚的爱情偷走,从我眼中,

此刻它的涌现只为悼念死者,

远去的事物躲藏在你的心胸。

你是一座坟茔,埋葬全部永生的爱情,

挂满我所有离去的爱人的奖牌,

他们把我献给他们的一切全都献给了你,

你独自一人享受着众生应得之爱。

  我心爱的他们的音容,在你心中便可目睹,

  而你(全部的他们)占有了我的全部。

32

如果你活过我寿终正寝的日子,

当死神这个吝啬鬼用尘土盖住我的尸体,

你定会不止一次地重新审视

你已故爱人贫乏粗鲁的诗句:

与这个时代钟声悠扬的华章相较,

它们一笔一画都技不如人,

但请珍存它们,为我的爱情,不为其韵脚,

韵脚已被超越——被跃上幸福之巅的诗人。

哦,那么,恩赐我吧,除了爱情的思念,

我挚友的缪斯与日俱增,

一个比他的爱情更珍贵的杰作将会从天

而降——面对豪华马车的列队游行:

  既然他已故去,诗人们证明着:青出于蓝而胜于蓝,

  但是他们是为风格而写作,他只为他的爱谱写佳篇。

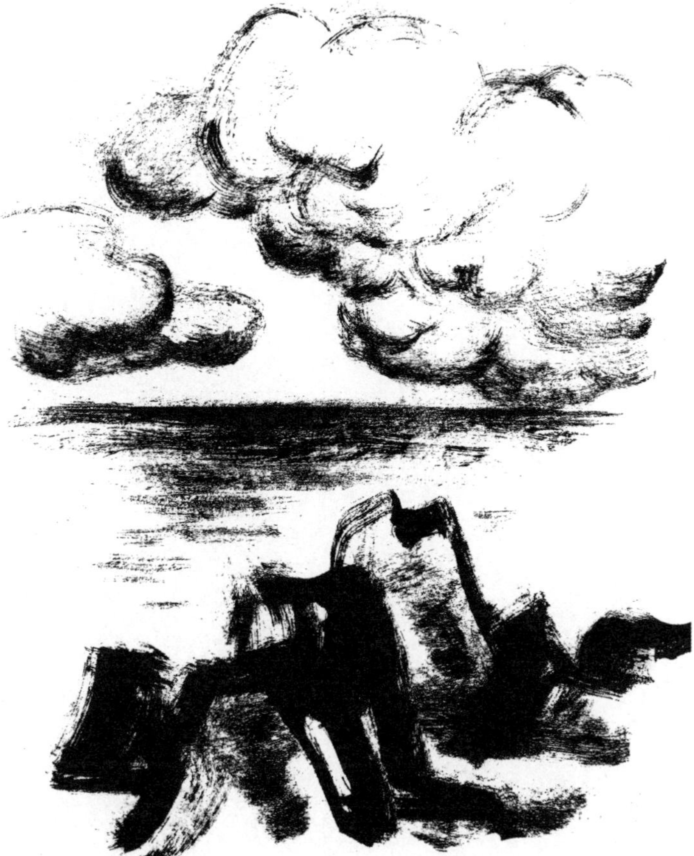

33

无数次我目睹辉煌灿烂的早晨,

以君临天下的眼谄媚山巅,

以金色脸庞将芳草地亲吻,

以天堂的点金术将黯淡溪流点成金黄一线:

即刻恩准卑贱的乌云打马而来,

带着丑陋随风飘过他天空的脸庞,

将他外表藏在这孤独的世界之外,

在人看不见的时候与他的缺点一起偷偷溜向西方:

即便如此,我的太阳在一个早起的清晨依然闪耀,

用胜利的光辉照亮我的前额,

但是,呜呼!他仅仅给我一小时的朗照,

此刻,下界的乌云便给他戴上面具,与我阴晴两隔。

  但是我的爱并不因此给他丝毫的揶揄,

  当天堂的太阳被玷污,人间的阳光瑕不掩瑜。

34

你为何要许诺一个美妙的好天气,

令我不穿戴斗篷便外出旅行,

让卑鄙的乌云在路上将我突袭,

将你遮蔽在恶臭不堪的阴霾之中?

你穿破乌云冲决而下一通咆哮,

不足以晒干我暴风雨洗礼的脸,

因无人会报出如此的灵丹妙药,

治愈创伤,但不洗涤羞惭:

你的羞惭也弥补不了我的晦暗,

尽管你已忏悔,我的损失挽救不回,

对背负沉重的犯罪的十字架的人而言,

冒犯者的懊悔只能偿还微弱的安慰。

  啊,你的爱情流出的珍珠便是这眼泪,

  它们之昂贵,足以赎回所有的罪。

35

别再为你的所作所为自责,

玫瑰花有刺,银色喷泉溅起淤泥,

乌云和盈亏令日月变得污浊,

可恶的病虫害寄生在最芬芳的蓓蕾里。

人人都会犯错,我也一错再错,

将心比心,赦免你罪,

我自身的腐败减轻了你的过错,

宽恕你无法宽恕的罪:

也可以说是我带给你肉欲的放纵,

你不良的当事人做了你的律师,

出卖自身,开始诉讼:

如此一场文明的战争发生在我的爱和恨里,

  对于那个巧取豪夺我的甜蜜的盗贼而言,

  我是一个不可缺少的从犯。

36

让我供认我们俩是如胶似漆的一对,
我们始终如一的爱水乳交融一般,
尽管如此,那残留在我身上的污秽,
无须你相助,由我独自承担。
我们俩的爱里只有相敬如宾,
尽管我们的生活充满分离,
虽然这改变不了爱情的纯真,
但彼此都尝过苟且偷欢的甜蜜。
我今后再也不敢将你认作知音,
惟恐我可悲可叹的罪过令你蒙受羞耻,
我也无法再听到你心怀善意当众赞美我的佳音,
除非你从荣誉簿上涂抹掉自己的名字,
  但是啊可别这么做,我是如此爱你,
  因为你属于我,我是你美好的善意。

37

仿佛一个衰老的父亲欢喜

看他活泼的孩子年轻气盛的所作所为,

同样,尽管我被亲爱的命运变成瘸子

却能从你的价值与诚实中找到我全部的安慰。

因为无论美貌、血统、财富或智力,

或是其中任何一项,或全部,

或更多给你授勋,给你行加冕礼,

我都会将我的爱嫁接到这个宝库。

其实,我不瘸,不穷,不遭白眼,

既然这种种阴影都给人真实质感,

以至于我满足于你的丰富充裕,

并靠你全部荣光的一抹余晖安享晚年:

  瞧,一切尽善尽美,我希望全都集于你一身,

  那么我的如上希望,十倍于快乐我自身。

38

我的缪斯如何能够提炼主题

当你将生命灌注进我的诗篇,

你自己便是出类拔萃的宝贵证据,

对于庸常的每页稿纸的铺排预演?

感谢你自己吧,如果我身无一物

值得你亲自起身伫立细读,

他是如此之哑,无法向你致敬,

当你兀自点亮创造的明灯?

你是第十个缪斯,比打油诗人

呼唤的那九个老缪斯多出十倍的价值,

谁在呼唤你,就让他带来

比漫长岁月活得更加长久的永恒之诗。

  如果我脆弱的缪斯能够取悦挑剔的时间,

  痛苦归我,而你将饱尝盛赞。

39

哦，我岂能礼貌地歌颂你的价值，
当你将我所有美好的部分集于一身？
赞美自己对我又有什么价值：
我赞美你时难道不只是赞美我自身？
即便如此，让我们分居，
我们亲爱的爱情丢弃各自的姓名，
以便在分手之前，我可以给予：
你本该独自享有的盛名：
哦，没有你将会多么惆怅，
并未将甜蜜留给你讨厌的安闲，
用爱的思念打发时光，
时间和思念如此甜蜜都在欺骗。
　　那么你该教我如何将"一"变成"一对"，
　　通过在此对他的赞美，让他因此而回归。

40

请拿走我全部的爱,是的,把它们统统拿开,
那么,你所拥有的是否比先前多出了什么?
没有爱,你可以称之"真爱"的我的爱,
我全部的爱都归你,你拥有的爱比先前更多:
那么,如果因为我爱你,于是你爱我,
我无法责怪你,因为我爱有所用,
但也仍该遭到谴责,如果你欺骗了你的自我,
故意浪费你拒不接受的感情。
我原谅你这温柔的窃贼,
尽管你偷走的是你——我全部的贫困,
爱也会自知它是一个更加伟大的窃贼
承担更大的委屈,比那只懂伤害的恨。
  淫荡之魅力,有了它连所有病态都貌似美丽,
  恼羞成怒地杀死我吧,但我们无须相互为敌。

41

这些放荡不羁所犯下的风流的错,

发生在我偶尔于你心中缺席之时,

与你的美貌和你的年轻完全契合,

不论你身在何方诱惑都接踵而至。

你温柔,因此要被夺走,

你俊逸,所以要遭抨击。

当女人趋之若鹜,身为女人之子,

谁愿酸涩地离她而去中途放弃最终的胜利?

唉,我,只允许你占据我的一席之地,

责怪你的美貌,你浪迹四海的青春,

它们引你到处放纵自己,

让你被迫败坏双重的人品:

  她的,经你色诱趋就于你,

  你的,利用美貌将我相欺。

42

你占有她并非我全部的不幸,

也可以说我爱她很深,

她占有你才是我主要的伤痛,

爱的损失越逼越近触痛我身。

爱的犯罪者,我会原谅你,

你爱她,因为你知道我爱她,

甚至是为了我,她对我拳脚相加,

同样是为了我,我的朋友赞同她。

假如我失去了你,我的损失是我爱情的利润,

而失去了她,我的朋友会找到我失去的她,

他俩相互找到,我将失去他们两人,

两人为了我,交叉躺在我身上成为这副十字架,

　　但这就是快乐,我的朋友与我融为一身,

　　　甜言蜜语,于是她爱——仅仅爱我独自一人。

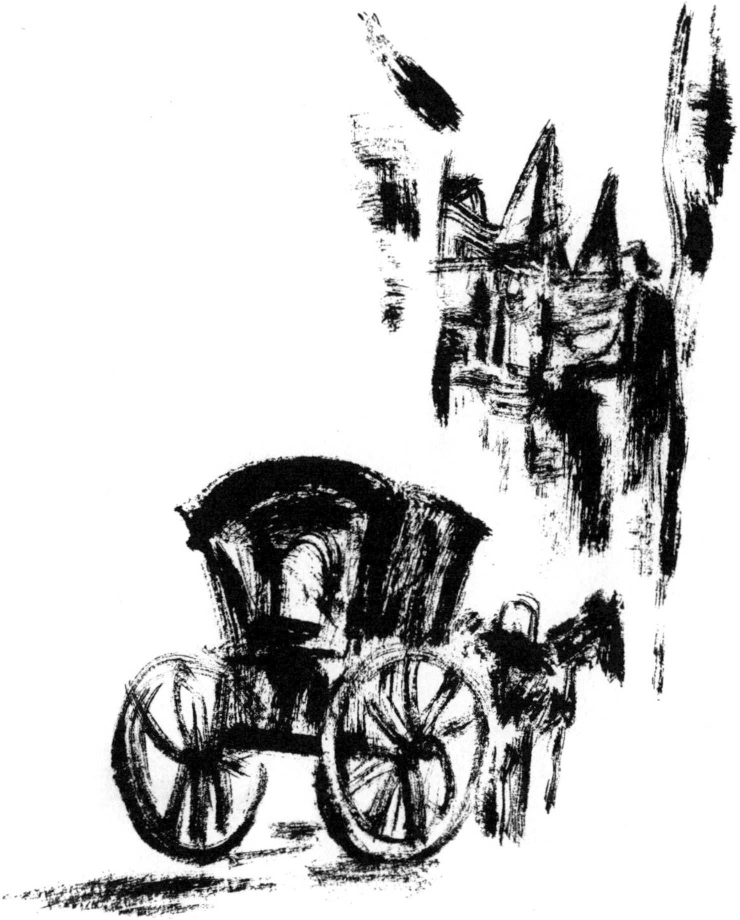

43

我眨眼最多时我的眼睛最明亮,

它们整日观察不受重视的事情,

当我入眠,在梦中它们将我凝望,

模糊的车灯,向着黑暗闪烁光明。

随即你尾随的影子既要教自己

如何放出光明,又要快乐地展现,

用你越来越多越来越晴朗的光明晴朗着日子,

当你闭上眼,你的形象如此闪耀光辉灿烂!

我的眼睛(我说)是多么承蒙恩惠,

在这活灵活现的日子里得以望着你,

在死神统御的黑夜,你美丽的形象并不完美,

穿过沉重的睡眠留在我紧闭的眼里!

  所有的白天都视若黑夜直到我把你看见,

  所有黑夜都照亮白天当梦将我向你展现。

44

如果我迟钝的肉体的本质是思想,

诽谤的离间不应当阻断我的道路,

因为接着憎恨造成的距离就会将我带往

你住的地方,从遥远的领土,

无论怎样,虽然我的双腿并不站在

与你相隔最遥远的大地,

敏捷的思想也能够跃过高山和大海,

到达他梦寐以求之地。

但是啊,思想杀死我,我并非思想

能够跨越千万里,在你离去的时候,

我只是一肚子泥水的饭袋酒囊,

我只能用我的哭泣将安闲的时光小心伺候。

  如此迟钝之元素接收为零一无所长,

  只有沉甸甸的泪落两行,任何一种悲痛的徽章。

45

另外两种元素：清新的空气、纯净的火焰，

都与你同在，不论你在何处停留，

前者是我的思想，后者是我的欲念，

他们此刻的缺席是因为迅速地溜走。

因为当这些轻快的元素离去，

作为温柔的爱情特使去往你处，

构成我生命的四大元素，只剩下孤零零两个相依，

奄奄一息，坐以待毙，不堪愁苦。

直到生命合成再次发生，

通过这两个神行太保从你处回归，

他们现在刚刚归来，便再三保证

你美丽而又健康，讲给我听令我安慰。

    这番讲述令我快乐，但却无法延长，

    我再度派他们回去，但却顿生惆怅。

46

我的眼睛与心灵在作殊死一战,

如何分割你这个战利品,

我的眼要将我的心与你美丽如画的形象离间,

我的心又不愿将那正义的自由拱手让给眼睛,

我的心声称你躺在他心室休息,

(一间密室永远不会被水晶的眼睛窥破)

但是这位被告却不认此理,

反说你的花容是泊在他的眼波。

同意将审判的权力交给陪审团

各种思想的探索者、所有心灵的房客,

继而他们的裁定被宣判:

明亮的眼睛和尊贵的心灵各得其所。

  如是:你的外貌属于我的眼睛,

  心灵深处的爱情归属我的心灵。

47

在我的眼睛和心灵之间一个同盟已缔结,

如今彼此轮岗配合默契,

当我的眼渴望投去一瞥,

或我痴情的心被自己的哀叹所窒息;

于是我的眼睛便用我爱人的画像大设

流光溢彩的盛宴,款待我的心灵:

有时我的眼睛也会成为我心灵的座上客,

分享他那满怀思念的爱情。

这样,或通过你的画像,或通过我的爱情,

你人虽已远去,但此刻恍若仍然与我同在,

因为你走得再远也逃不出我思念的手掌心,

我与思念厮守,而思念与你同在。

　　或许思念入眠,我眼中你的画像

　　　将我心唤醒,心眼相通多么欢畅。

48

上路时我是多么小心仔细,

每一件琐碎的小东西都锁在保险箱里,

以备中途小住之需,

远离谎言之手,确保万无一失!

而你,与你相比我的金银珠宝顿成鸡毛蒜皮,

最值得安慰,此刻是我最大的伤悲,

你是我的至亲,我惟一的心之所系,

却作为猎物留给每一个粗鲁的盗贼。

我没有把你锁在任何一个金库里面,

即便在你不在的地方,我都感觉你在

我温柔紧闭的心间,

在那里你可以随意进来和离开,

  即便在那里我还是怕你被人偷走,

  因为奖品如此昂贵,因为君子也会变作小偷。

49

抗拒那个时刻（如果它终将来临）

我会看见你对我的缺点一脸不悦，

你已经透支了你的爱情，

被郑重劝告去把账结。

抗拒那个时刻：当你形同陌路一晃而过，

当你不再用太阳——你的眼睛将我迎候，

当爱情的信仰变了，

由此找到了种种彻底解决的理由。

抗拒那个时刻，我把自己隐藏在这里，

在我自身沙漠般贫乏的知识中，

我的一只手，高高举起，

保证你理由的合法性，

   撇下可怜的我，你有法律的力量，

   到底为何而爱，我毫无道理可讲。

50

路漫漫其修远兮,

吾将上下而求索;

天苍苍野茫茫兮,

劝吾迷途早知惑。

马可载吾,载不动,几多愁,

载吾灵魂,缓慢行,闷头走,

畜生有灵,马儿有知:

其主不喜疾行,生怕一去不回头。

喋血马刺,驱他不动,

甚或刺入其皮,

一声呻吟,沉重回应,

天下残酷莫过于此,

  同一声呻吟落入吾心将此植入精神:

  先天下之忧而忧,后天下之乐而乐。

51

如此,我的爱便可原谅这匹慢吞吞的老马,

我的迟钝的搬运工,当我加速离你而去,

从你所在之地,我为何要从那里飞身上马?

直至踏上那遥遥无告的还乡之旅。

哦,到那时我可怜的畜生会找出怎样的借口

当千里马的快只能呈现为慢?

到那时纵然骑上狂风我也要用马刺刺穿其头,

插翅飞行的速度在我感觉犹如死水一潭,

到那时没有马儿能与我的情欲同步,

因此情欲(它由完美之爱构成)

便仰天长嘶(绝无肉体的迟钝),以其燃烧般的速度,

只是爱,为了爱,我便原谅了我的老畜生,

  既然离你而去时,他故意慢下来,

  那么当我徒步朝你狂奔,就把他留下,放他离开。

52

我像一个拥有祝福钥匙的富人,
能够将他带往他那上锁的宝藏,
他并不愿意时时开启细数家珍,
只为走下极乐的台阶回归平常。
因此,天下没有不散的筵席,
人生得意须尽欢,
仿佛珍贵宝石稀疏几粒,
或珠宝在金项圈上镶嵌。
同样,那珍藏你的时光仿佛我的金库,
或存放霓裳羽衣的衣橱,
通过重新展示他被囚禁的骄傲,
制造出瞬间的惊艳、特别的幸福,
　　你是祝福,你的佛光普照八荒,
　　从对胜利的渴望到缺少的希望。

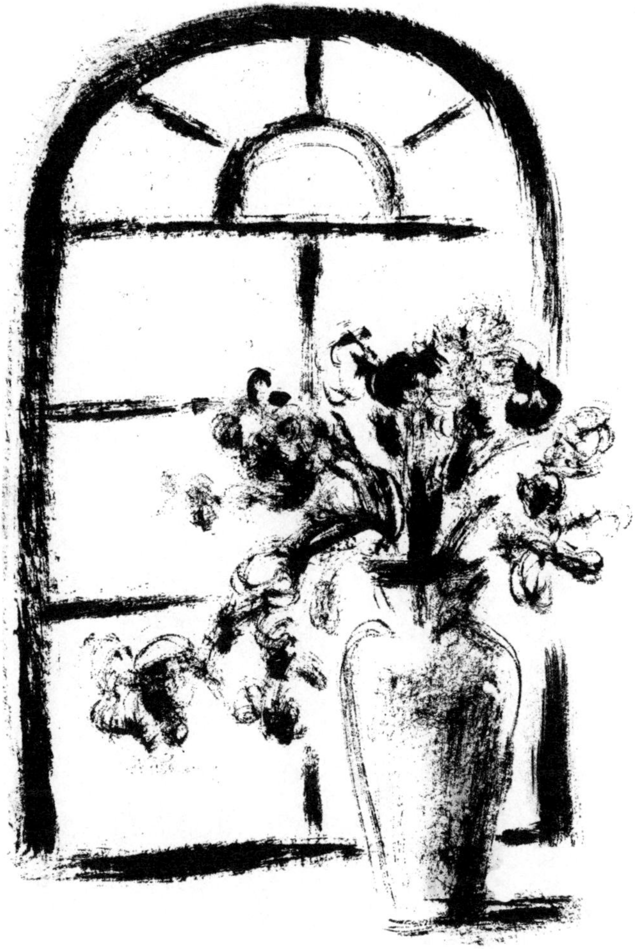

53

何为你之本性，你究竟由何构成，
令成千上万陌生的身影亦步亦趋？
每一个人都只有一个身影，
你一个人却把自己借给每个影子：
为貌比潘安的美男子阿多尼斯画像，
不过是步你后尘之拙劣模仿的赝品，
将全部的美容术都用在海伦的脸上，
便是你在希腊重塑的真身。
春华秋实何时了，
春华是你倩影翩翩，
秋实是你慷慨馈赠，
我知你蕴藏在开过光的万物之间。
  人间浮华姹紫嫣红你皆有份儿，
  但旁若无人，无人有你一颗恒心。

54

哦,美人看起来比美丽美出多少,

通过真所给予的亲切的点缀,

玫瑰貌似美人,但我们感觉它更加妖娆,

因为它芬芳的气息,它在其香气里甜睡:

身患溃疡病的花朵色泽更深,

好像芳香四溢的染色的玫瑰,

悬挂在同样的荆棘丛中,玩得尽兴,

当夏天的呼吸掀开它们蒙面的蓓蕾:

但因为它们惟一的美德仅在于怒放,

盛开无人追求,凋谢无人吱声,

死去孑然一身。芬芳玫瑰却不是这样,

从它们甜蜜的死亡中可以提炼出最香的香精。

  你也是这样,美丽而又可爱的青春,

   当青春凋谢,被诗歌提取了你的真。

55

不论是大理石还是帝王的纪念碑,
都不会比这强有力的诗活得更长,
但你会比那淫荡的时光污染过的无人清扫的石碑,
更明亮地闪耀在我的诗中——光芒万丈。
当劳民伤财的战争将雕像推翻,
骚乱把石建工程连根拔起,
无论是战神手中之剑还是迅速蔓延的战火燎原:
也斩不断烧不毁你栩栩如生的鲜活记忆。
反抗死亡,全然无视仇恨,
你会大步向前,你的赞颂
甚至会找到房间——在子孙后代眼中,
将这世界耗干直至末日降临。
  这样,直至最后的判决命令你起立,
  你将活在这首诗中,住在情人眼里。

56

甜美的爱情陡增了你的力量,曾被说成
你的刀叉比你的食欲还钝,
食欲这张嘴,只要今天喂饱便会安静,
到明天依然会亮出他尖锐如昨的刀锋。
你的爱情也是这样,虽然今天
你喂饱了你饥饿的双眼,甚至让它们死撑,
撑得直翻白眼,明天又会饿眼圆睁死盯着看,
别用一片永远的黯淡无光杀死那爱情的精灵。
让这忧伤的间歇仿佛
大海分开了海岸,一对私定终身的情侣
每天来到海边,当他们目睹
爱情归去来兮,澎湃汹涌的幸福潮汐冲刷眼底。
或者把它唤作冬天,充满忧虑,
让夏天更受欢迎,三倍可期,三倍稀奇。

57

作为你的奴隶,除了小心伺候我欲何为,
当此之时——在你随心所欲的时段?
我绝无任何宝贵的时间可供自己消遣,
我并无家务可做,直到被你使唤:
也不敢咒骂这大千世界茫茫无尽的时间,
我时刻为你(我的君主)盯着座钟,
当你吩咐你的仆人去办一场盛大的告别晚宴,
我也不为叫人吃醋的缺席而忿忿不平。
也不敢怀着嫉妒的念头而心生疑惑,
你可能在哪儿,或猜想你的风流偶傥,
只是像个悲伤的奴隶那样呆着、想着
你所到达的任何地方,你使那里的人们多么欢畅。
　　诚如一个傻瓜叫爱情,如你所愿,
　　(任凭你为所欲为)他都视而不见。

58

上帝不允许，那使我最先做了你奴隶的上帝，
我应该在思想中管控你及时行乐的时间，
或恳求你掐指算算你对大好光阴的亏欠，
虽说作为你的弄臣有义务保障你的休闲。
哦，就让我忍受（既然凡事都得你点头）
挣脱了枷锁的你的自由，
被驯服的耐心对每一次的检查容忍恭候，
对你的伤害也绝无怨尤。
不论你在哪里制订，你的宪章如此强大，
你可以自己管控你的时间，
按照你的意愿，你有你的主权，
你可以将自身所犯下的罪行赦免。
　　我只能等待，尽管等待如此见鬼，
　　虽说富贵不能淫，管它是祸是贵。

59

倘若阳光下真无新鲜事，那么今天的所有

先前都曾有过，我们的头脑受到了怎样的欺骗，

任何创造性的劳动都要承受男友

与其前妻所生孩子的第二重负担！

哦，历史能用回溯的目光，

甚至五百次轮回的太阳，

在古籍中向我照亮你的肖像，

自打人类的精神初次被记录在文字上。

我可以借此看到古代世界的说法，

对于你形体构造的稳健神奇，

是我们改善了还是他们原本更佳，

抑或循环往复，九九归一。

  哦，我敢肯定，前辈才子，

    曾对等而下之的思想赞不绝口欣赏备至。

60

就像海浪冲向这铺满卵石细砾的海岸，
我们的分分秒秒已经抵达它们的终点，
前浪后浪，不断交替，奋勇争先，
前仆后继，不辞辛苦，勇往直前。
太阳诞生在光明的主航道，
爬向壮年，终被加冕，
歪曲的日食妄图遮蔽他的荣耀，
还有那送他大礼现在又要收回的时间。
时间刺穿青春繁华的布景，
在美丽的容颜上干着同样的勾当，
暴敛自然真实的稀世珍品，
无一物能够逃脱他镰刀的收割而挺立在世上。
　　但面对充满希望的时间，我的诗将傲然挺立，高昂起头，
　　赞美你的价值，无视其残酷的黑手。

61

这是不是你的心愿：让你的模样掀开

我沉重的眼帘，向着恹恹的夜晚？

这是不是你的欲望：让我的睡眠遭到破坏，

用你的影子嘲弄我的视线？

它可是从你处派来的精灵

远离家园来刺探我的军情，

找出我耻辱的虚度的光阴，

你嫉妒的权限、职位和背景？

哦不，你虽然多情，但并不那么伟大，

是我的爱让我的眼保持清醒，

是我的真情把我的休息击垮，

为你永远扮作守夜人。

  我为你守夜，你在别处醒，

  离我远远的，却与他人近。

62

自恋的罪恶占领我的双眸，

我的灵魂、我身体的每一部分；

因为这种罪恶无药可救，

如此这般，它自大地扎根我心。

我自认为人间没有一张脸像我这么精致，

没有一付身材像我这么标准，巧夺天工，

我暗中评估了自身的价值，

我在所有方面都倾国倾城百战百胜。

但是每当镜子向我展示真实的自己，

已被褐色的老年斑凌虐得面目全非，

我对自己所持的自恋读出了完全相反的定义：

人如此自恋等于犯罪。

  赞美你是为了赞美我自己，

   用你白天的美丽粉饰我一把年纪。

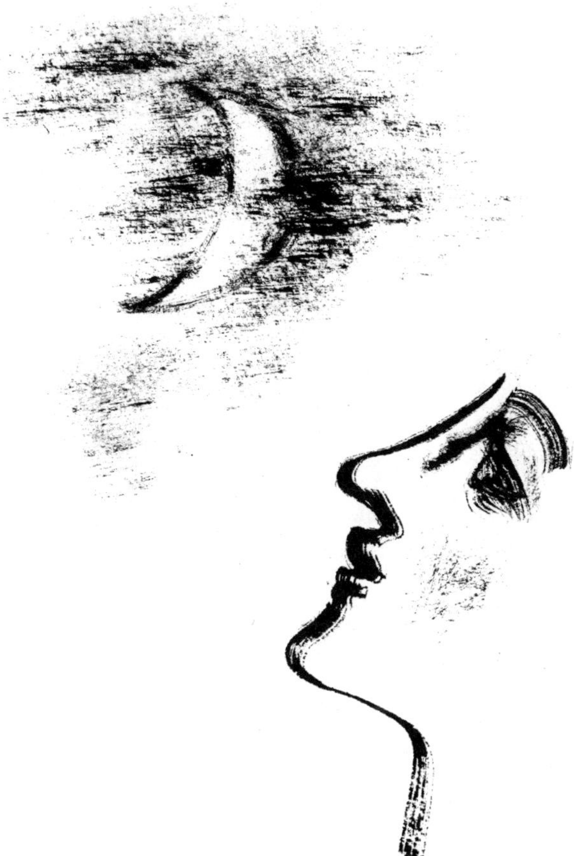

63

生怕我的爱情会变成我现在的模样

被时光之毒手捻碎、榨干,

当时光放尽他的血,爬满他的脸庞,

用线条和皱纹,当他青春的朝阳

行走在暮年险峻的夜晚,

使他所拥有的全部绝代佳人

人间蒸发,或无影无踪在其视线,

偷走了他春天的全部珠玉金银,

为了那时我现在就招兵买马层层防范,

抵御老糊涂的暮年残酷的刀剑,

让他永难斩断我甜蜜爱情的

美丽记忆,尽管我爱人的生命已被腰斩。

　　他的美丽将在这白纸黑字的诗行间重生,

　　诗歌永生,他在诗中万古长青。

64

当我目睹被时间的毒手损毁

富足骄傲的资本沦为被埋葬的腐朽棺木,

当我目睹崇高的塔轰然倾颓,

连黄铜这永恒的奴隶都气得一命呜呼。

当我目睹饥肠辘辘的大海

大口侵吞海岸王国,

坚硬的土地又战胜了海水的覆盖,

增大的海岸伴随失去,失便是得。

当我目睹如此你争我夺的状态,

或令己蒙羞的情况统统化为尘埃,

毁灭便教我作出如下的反省:

时间会跑来带走我的爱,

  这种思想仿佛别无选择的死,

  只能哭着占有怕失去的东西。

65

既然对于黄铜,石头没有,大地没有,

无尽的大海也没有摧毁它们的力量,惟有死亡的宿命,

美人岂能发出与肆虐的狂风暴雨为伍的请求,

比一朵花更加无力的是她的行动?

哦,夏日蜂蜜般的呼吸岂能抵抗

隆冬毁灭性的围攻,

当坚固的岩石不再那么坚强,

钢铁大门也不再牢不可破,除非日子到头岁月临终?

哦,可怕的冥想,在那儿呜呼哀哉,

来自时间胸口上的岂能不是时间的至宝?

或怎样有力的手能够将他迅捷的脚步拉回来?

或谁能阻止他将美人抢跑?

  哦无人,除非奇迹发生,

  我那浸在黑墨水中的爱情依然大放光明。

66

对所有的这些感到厌倦,我为宁静的死亡哭泣,

当我望向荒原目睹一个乞丐降生,

穷愁潦倒,一无所有,衣不蔽体,现身于筵席,

纯粹的信仰不幸做了伪证,

将镀金的荣誉可耻地错授,

把处女的贞操交给了娼妇,

完美的正义不正当地蒙羞

力量被跛足搞得无法行路。

艺术被权力捆绑住了舌头,

愚蠢(扮医生)专攻有术,

真诚的单纯被误读为简陋,

俘虏之善与统帅之恶为伍。

  对所有的这些感到厌倦,我欲撒手人寰归去,

  只是我去了,便撇下了我的爱人,孤苦无依。

67

啊，他为何要与瘟疫同居，
以其玩世不恭魅力四射风度翩翩，
以至于罪恶靠他达到了目的，
用他的社交圈给自身镀上金边？
画中赝品为何仿造他的脸颊，
盗取他色彩逼真的垂死的样子，
既然他的玫瑰是真实的，丝毫不假，
贫乏的美为何还要迂回找寻玫瑰的影子？
为何如今他活着，大自然破了产，
沦为红着脸穿过生机勃勃的脉管的鲜血的穷光蛋，
因为除了他，她已经断了一切财源，
尽管无比自负，却将他的收入当作自己的饭碗？
　　哦，她储藏他，以显示在很久以前
　　　在这一切恶化之前，她曾富比南山。

68

如是,他的容颜乃旧日的地图,

当美丽生生死死仿佛今日之花,

在私生的美容术诞生之初,

或敢于栖居在一头逼真的金发:

趁死者的这一头金色的长发

与这坟墓的权力被剪去之前,

去活第二次生命在第二颗脑瓜,

在美丽的死羊毛制造出另一场俗艳之先:

这神圣的古代时光显现在他胴体,

毫无粉饰,如此真实,

不用别人的青翠伪造自己的夏季,

不摘取昨日黄花装点今日之美丽,

  于是大自然把他当作地图收藏,

  向伪艺术揭示昔日美丽的真相。

69

你身上的种种,世界看在眼中,

没有任何心思能够加以增删:

众口一词异口同声(灵魂之声),

说出赤裸裸的真相,甚至敌人也交口称赞。

你外表如斯,与外在的赞美一起加冕,

但这些给你如此赞美的同样的舌头,

用其他口音发出的赞美令人讨厌,

通过比眼睛所应显示的更远的视力洞见。

他们洞见你心灵的美丽,

他们通过你的事迹丈量他们的估计,

于是他们思想的农民(尽管他们满眼善良)

给你美丽的鲜花增加杂草丛生的恶臭气息:

  这便是为什么你的芬芳配不上你的形象,

  土壤这样,你只能平平庸庸地生长。

70

你遭到谴责并非是你的过失,

因为诽谤的对象永远是美丽,

美丽的点缀便是猜疑,

一只乌鸦飞在芬芳的大气里。

因此,你要愉快,诽谤不过是赞美,

更值得你做的是珍惜时间,

因为病虫害爱有瑕疵最甜蜜的蓓蕾,

而你正值纯洁无瑕的盛年。

你已经穿越了青春岁月的伏击,

要么并未遭袭,或者一路胜利,

但是对你的赞美还远不足以

压住今后还会日益壮大的妒忌,

  如果病态的怀疑不遮蔽你的显现,

  那么你将把心灵的王国一人独占。

71

当我死时,为我哀悼的时间,
不要长于你所听到的阴沉的钟声,
钟声警告世界:我已从肮脏的人间
逃之夭夭,去投奔肮脏至极的蛆虫:
不,倘若你读到这首诗,无须记起
那只写出它的手,因为我爱你如斯:
倘若想起我会令你悲戚,
我宁愿被忘记,在你甜蜜的思念里。
哦倘若(我猜)你在阅读本诗,
那时我(也许)已经化作泥土,
不要过多地提及我可怜的名字,
让你的爱与我的生命一起朽腐。
　　以免聪明的俗世破译了你的悲哀,
　　嘲笑你在我走了以后还与我同在。

72

惟恐世界会分派你去背诵

我有怎样的优点在身而令你情有独钟,

在我死后(亲爱的情人)请将我彻底忘记,

因为你在我身上没有看到丝毫价值的见证。

除非你愿意善良地撒谎,

对我应得的奖赏夸大其词,

将太多的勋章挂在我的尸体上,

远胜过吝啬的现实愿给的赏赐。

哦,惟恐你的真爱在此貌似虚假,

怕你为了爱而说出关于我的假话,

我的名字会被葬在埋我尸体的地下,

不要存活太长太久让我也让你羞煞。

　　我为我那些发表的大作而蒙受羞辱,

　　你也该当如此,为热爱一钱不值的事物。

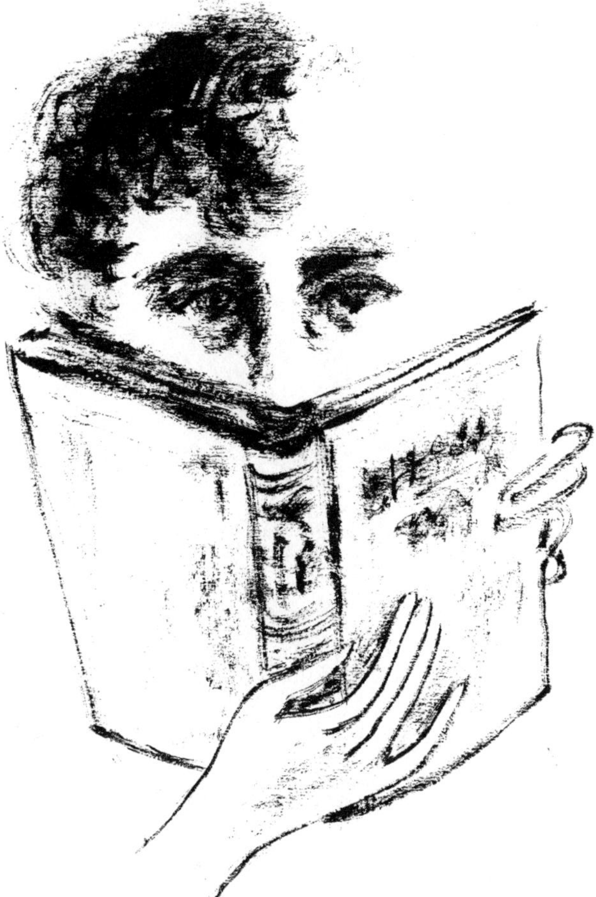

73

在我身上你可以看到一年中的那个季节,

当枯黄的叶子,或一片不剩,或三三两两

高高挂在寒风中的枯枝上瑟瑟摇曳,

一丝不挂废墟一般的唱诗班,死去的鸟儿在悦耳地歌唱。

在我身上你可以看到这一天的傍晚,

仿佛落日凋零在西方的天际,

它被——被黑夜之手劫掠一般,

死亡的化身带来万籁俱寂。

在我身上你可以看到火焰的光芒,

在他青春的骨灰上仰面朝天,

仿佛死亡的灵床,躺在其上就必须死亡,

与给它营养的空气一起耗干。

  感知到这些,你的爱更强,

   爱固然常在,却天各一方。

74

但却心满意足,当毁灭性的逮捕,

不允许保释地执行,将我带走,

我的生命有兴趣活在诗歌内部,

作为纪念碑,与你长相守。

当你重温,便是回顾,

最神圣的部分献给你,

大地只能拥有大地,那是它应得之物,

我的精神——我最好的部分献给你,

所以,当我肉体死去,你所失去的事物

只是生命的渣滓、蛆虫的猎物,

坏蛋刀下臣服的懦夫,

太卑贱不配被你记住。

  它的价值便是它包容的所有,

  那便是这些诗,与你长相守。

75

对于我的思想而言,你如此这般:

仿佛食物之于生命,或甘霖普降在大地表面;

为了你的安宁我斤斤计较不断发难,

仿佛两者之间的一个吝啬鬼,他的价值终被发现。

如今志得意满享受这份骄傲,旋即

又怀疑这偷来的岁月,还想去偷他的财富,

此刻算计着最好是与你单独在一起

继而又觉得更好的是让世人可以见识我的幸福。

有时在你的视线上大快朵颐,

很快便饿了,腹中空空,只想再来一瞥,

占有抑或追求,本无欢喜,

除了已有的抑或你必然带来的这些。

  这样,我郁郁寡欢而暴食暴饮,日以继夜,

  饕餮一切,抑或远离一切。

76

为什么我的诗如此无趣,不令我沾沾自喜?
如此远离瞬息万变的红尘世俗?
为什么我与时间同在,对新发明的小把戏,
对光怪陆离的大杂烩不屑一顾?
为什么我之所写始终如一,万变不离其宗,
将创造的才能保留在对一棵小草的指认,
让每个字词都愿意诉诸我的姓名,
透露他们的生日,如今在哪里行进?
哦甜蜜的爱情知道:我总是在写你,
你和爱依旧是我不变的主题,
我最擅长于旧瓶装新酒,
旧貌换新颜,一本得万利:
　　　正如太阳日日新夜夜旧,
　　　我的爱情时时说常常新。

77

你的镜子会照给你看：你的美丽怎样磨平，
你的时钟怎样将你宝贵的分分秒秒浪费，
空虚留给你心灵的印记将结成
这本书，它愿教会你如何审美。
你的镜子如实照出的皱纹，
属于张开血盆大口的坟墓带给你的回忆，
通过时钟指针的影子秘密地移动你会看清，
时间直奔永恒的偷偷摸摸的步履。
瞧，你的记忆无法容纳的事物，
提交给这些多余的白纸，你将会结识
这些孩子的保姆，被你的大脑所托付，
对你心灵这位熟人给予重新的认识。
　　这些功课，你要再三重温，
　　温故而知新，充实你书本。

78

于是我总是把你当作我的缪斯再三祈求,
在我的诗中得到如此这般的美人的相助,
仿佛每一支性质不同的笔被我紧握在手,
在你的帮助下它们写下的诗才广为散布。
你的眼睛,曾教会哑巴站在高处歌唱,
曾教会笨重的蒙昧跃上蓝天,
将美丽的羽毛新添给博学的翅膀,
赐优雅一双威严。
然而,最让你骄傲的还是我写下的诗,
它们的灵感来自你的恩赐,诞生于你,
在他人的作品里你只作风格上的润饰,
用你甜蜜的装饰音令其平添艺术魅力。
  但你却是我全部的艺术,艺术的全部,
   将我的粗鲁无知提至博学多才的高度。

79

当我孤零零地祈求你的帮助,

我的诗便独占你温柔的妩媚,

而现在我所剩无几的亲切已经朽腐,

我病魔缠身的缪斯宣告让位。

我承认(甜美爱情)你可爱的主题,

理应得到一支更贵重的笔来书写,

但是他劫掠了你,又偿还给你,

你的诗人创造了你的一切。

他借给你的美德,是他从你的行为中

偷走了那个词,他赐予你的美丽

是他从你脸上觅得的:他提供

给你的赞美,无一不是来自在你身上的经历。

  那么,无须为他说出的话心存感激,

   既然你把他欠你的一切全都还给了你自己。

80

哦，当我写到你时我是多么卑微无力，
深知有更好的精灵在利用你的名声，
他一掷千金地赞美你，
让我一提及你的大名便舌头僵硬。
但既然你的价值（宽如大海表面），
卑微者也能负载仿佛最骄傲的风帆，
我这莽撞的树皮舟（与他相差太远）
也敢在你的主航道上任意浮现。
你用最浅的水域托起我的漂流，
让他漂在寂静无声的深海一域，
万一失事，我只是毫无价值的一叶轻舟，
而他结构庞大、宏伟壮丽。
　　如果他幸免于难我难逃此劫，
　　最坏之象如斯：爱永是我劫。

81

或许我会活着写你的墓志铭,

或许你得以幸存我却腐烂在大地怀抱里,

虽然我已经被忘得干干净净,

从今往后死神也带不走你的记忆,

从今往后你的名字会拥有不朽的生命,

虽然我(此去)面对人世不得不死去,

大地所能给我的只是一片公共的坟茔,

当你被埋葬在人类的瞳孔里。

你的纪念碑将变作我温柔的诗篇,

它由眼睛建造,如何读出声来,

然而舌头还在,你会被后人排演,

当这个世界所有呼吸的生命全都衰败,

  你仍将活着(德高至此者理当写进诗里),

   在生命最蓬勃之地,甚至就在人类口口相传里。

82

我承认你并未嫁给我的缪斯，

因此没有一丝一毫的玷污，

作家们用于他们公正主题的献身之词，

圣化着每一本书。

你是知书达理五彩斑斓的美人，

发现你的价值受限，超出了我的讨好，

因此你不得不重新去找寻

一些与时俱进的新鲜邮票。

就这样去爱，但当他们已经设计

牵强附会的溢美之词，东拼西凑的花言巧语，

你，真正的美人，真诚地珍惜

实话实说的知己，真实朴素的话语。

  他们粗枝大叶的浓妆艳抹当有更好的使用，

  在贫血的脸上，对于你不过是滥用。

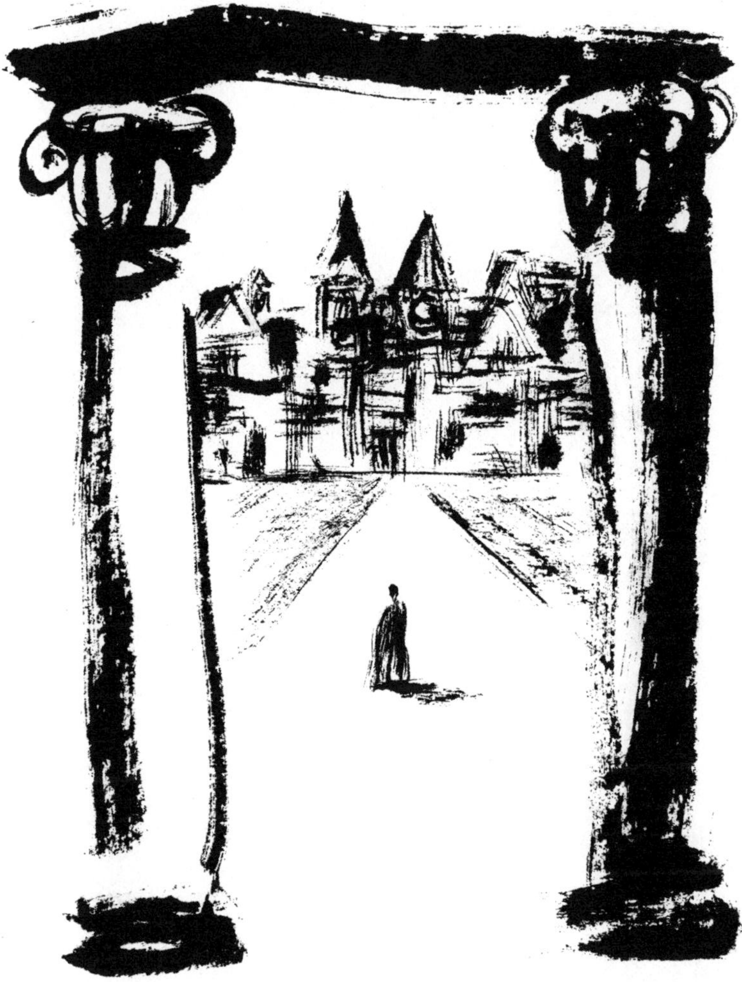

83

我从未看出你有化妆的必要,
因为你的美丽天然去雕饰,
我发现(或想象我发现)你远超
一个诗人所抒之情的空洞幼稚。
因此我在你的传说里安眠,
让你自身显而易见的美好得以展现,
多么遥远,一根时尚的羽毛来得太过短暂,
说出你的价值,你在其中不断增长的财产。
你把这沉默归咎于我的罪行,
那是我沉默不语的最大光荣,
因我无损于一言不发的美人,
当他人想献给你生命,却带来了一座坟茔。
　　你的美丽的双目中的一只里所聚居的众生的光辉,
　　　远胜过你的诗人们所能设计出的花言巧语的赞美。

84

谁说得最好,比这昂贵的赞美
说得更多,你独自一人,是你?
在他身上囚禁他的大墙是积累,
应当与你平等生长的地方来比。
那支笔写得再好也腹中空空,
无法给他的主题增光添彩,
但他在写你,如果他能够说明
你就是你,他的故事便高贵起来。
让他仅仅照抄:你就是原稿,
别把自然创造的清澈的一切搞坏,
如此一个摹本便会令其声名大噪,
令其风格广受崇拜。
　　你对——对你美丽的祝福——恶语相加,
　　　被赞美所宠坏,赞美会把你的赞美变成咒骂。

85

我舌头被缚的缪斯依然彬彬有礼,
与此同时给你的好评却铺天盖地,
使用金色的羽毛笔试图保留字迹,
以及被所有缪斯说出的珍贵短语。
我感谢美好的思想,他人书写漂亮的言词,
就像文盲牧师仍然会喊:"阿门!"
对每一首精神所能赐予的赞美诗,
用精致的文笔塑造其优美的外形。
听见你被赞美,我说:"确实如此"
面对至高赞美总想添加更多的东西,
但那只是我的念想,它的爱面对你
(尽管话语甘居人后)总是冲在第一,
　　于是他人,站在随口一说的话语一边,
　　我站在我无言的思想有效的言说一边。

86

是不是骄傲鼓满了他伟大诗篇的风帆,
开赴你的奖赏（皆是盖世的财富）,
让我成熟的思想装进大脑之棺,
让它们生长的子宫成为他们的坟墓?
是否他的心灵,被神灵教会书写
超凡脱俗的诗句,将我击毙?
不,既不是他,也不是黑夜
赐给他的助手,令我诗惊异?
他也不是夜夜愚弄他
那个友善熟悉的幽灵,
当我沉默的胜利者无法自夸,
从此以后我也不再因为害怕而生病。
  但是当你的赞许充满了他的诗行,
  那么我将再无灵感,那才叫我病入膏肓。

87

别了!你太高贵了,我无法独享,
似乎你对自己的身价也了如指掌,
你价值的特许状将你释放:
我的债券全都押在你身上。
不经你同意我怎可拥有你,
我哪里配得上那样的大礼?
我没有得到这佳人的道理,
于是我得而复失我的专利。
你给过我,你对自己的身价尚未有知
或你误将我认作他人之时,便给了我,
因此,这份大礼既然是出于渎职,
生长壮大,来到我家,当有更好的发落。
　　这样,我曾拥有你,恍若一场欢梦,
　　梦中的国王,除了酣睡,一事无成。

88

当你不得不将我付之一炬,
连我的优点也瞧不起,
我站在你一边,跟自己作战,
证明你正直,尽管你背叛。
对我自身的弱点了如指掌,
站在你的立场,我会杜撰一个
完美的故事,我在里面被中伤:
以至于你抛弃了我,反而更加荣光。
而我也会借此胜利,
因我全部爱的思念都对你五体投地,
我给自己制造的所有伤害委屈,
既然有利于你,对我便是双重胜利。
 　　我的爱情如斯,一厢情愿如我,
 　　只要你是对的,我承担所有错。

89

说你因我的过错而抛弃我,
我将对此冒犯加以解说,
说我腿跛,我立刻脚下不平,
对你的道理我从不反驳。
你不能(爱)如此病态让我羞耻,
老是玩朝三暮四那一套,
当我自取其辱,深通你心思,
我要专门杀熟,貌似很蹊跷:
与你形同陌路,在我的舌头,
你甜蜜可爱的姓名不会常驻,
惟恐我(一身俗气)礼数不周,
或许还会将我们的故人说出。
  为你,我将反对自己,施尽辩才,
   因为你之所恨,我绝对不爱。

90

那么恨我吧，只要你愿意，如果有，
趁现在，当举世与我为敌，
与厄运为伍，让我低头，
莫要在我失败之后再完成最后一击。
呜呼，当我的心已经愈合了伤痕，
莫尾随一个被征服的愁，
莫给风暴之夜一个雨霁之晨，
莫把命中注定的覆灭拖后。
倘若你要离开我，切莫等到最后，
趁抽刀断水水更流举杯消愁愁更愁，
请一开始就来，这样我会在其刚一动手
便尝到命运的力量制造的极恶极丑。
　　千般愁，貌似愁，
　　　失去你，万古愁。

91

有人以出身为荣,有人以技能为荣,

有人以财富为荣,有人以体力为荣,

有人以穿衣为荣,虽说时尚但病态:

有人以家养老鹰与猎犬为荣,有人以他们的骏马为荣。

每一种乐趣都有附属的趣味,

身在其中会发现快乐,胜过休息,

但这些选项都不合我的口味,

在所有的一切中我更喜欢一种平常的休息。

你的爱对于我胜过高贵的出身,

比财富更富,比时装成本更高,

比老鹰和骏马更叫人高兴,

拥有你,我便拥有了全人类的骄傲。

  情到深处人孤独,可怜的一点儿乐趣,

  你可以把一切全拿走,让我可怜至极。

92

然而你干了最坏的事：把自己偷走，

但你是保证属于我的，仿佛生命之大限，

生命也不比爱情的停留更长久，

因为它依赖于你爱的情感。

因此我无须惧怕最糟糕的祸事，

至少它们让我的生命犹有尽时，

我看见，一个更好的状态

属于我，它对你的趣味毫不依赖。

你再也无法用反复无常令我心烦意乱，

既然你一翻脸我的生命就会死，

哦，我找到了一个多么幸福的权限，

幸福地拥有你的爱，幸福地死，

  但岂有如此这般不被污染的神圣美人？

  你可以是假的，但别让我确信。

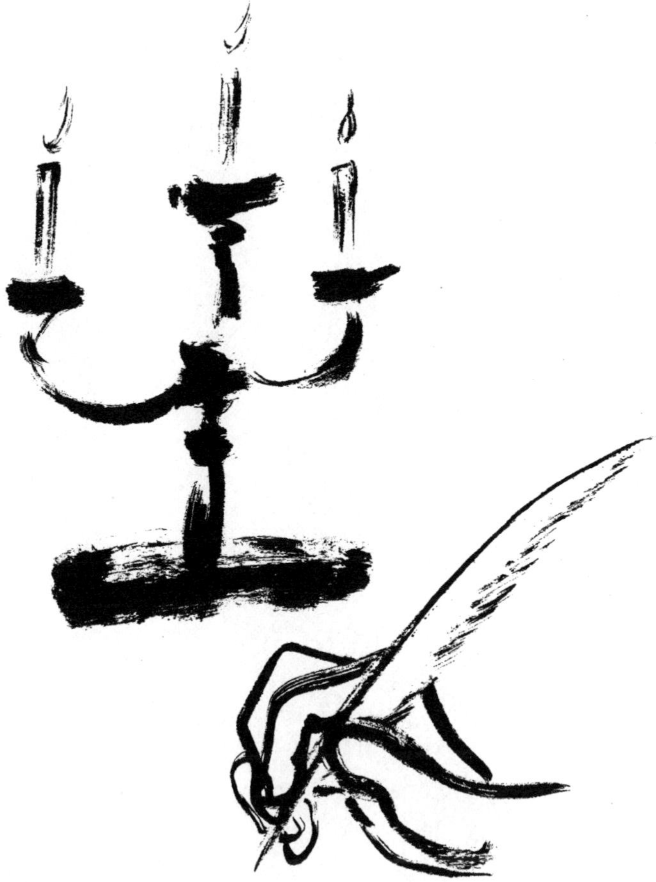

93

如此我会苟活下去,相信你还是真,

像一个被骗的丈夫,于是爱的面目,

对我似乎仍旧是爱,虽已焕然一新:

你的目光在我身上,你的心在别处。

因为你眼中没有丝毫的恨,

因此我无从得知你的转变,

在许多人脸上,虚情假意的历史是特赦令

传递在心情、蹙眉和光怪陆离的皱纹之间。

但上天在创造你时颁布了法令,

在你脸上甜蜜的爱情应当永远常驻,

无论你的思想如何变化,抑或你的心灵怎样跳动,

从那时起你的面孔应当晴朗无云,除了甜蜜的倾诉。

  如果你芬芳的美德对你的外表拒不承诺,

  你不断生长的美丽多像夏娃的苹果。

94

他们拥有伤人的力量,但什么都没干,

他们最想炫耀的事,他们也没有去做

他们感动别人,自身却犹如石头一般,

麻木、冰冷、迟钝地面对诱惑:

他们公正地继承天堂的惠顾,

管理和保护大自然的财富不要乱花,

他们是自己脸蛋的领主和业主,

其他人,只是他们美德的管家:

夏天的鲜花独对夏日的芬芳,

虽然面对自身,自生自灭一回,

但是如果花儿与卑劣的病虫害遇上,

下贱的杂草也会压倒他的高贵:

　　因为最香的事物通过它们的所作所为沦为最臭,

　　溃烂的百合花,远远闻起来竟比杂草还要更臭。

95

你把耻辱打造得多么芬芳可爱,

仿佛香气弥漫的玫瑰丛里的病虫害,

玷污你蓓蕾初开的名字!

将你的罪恶装进一个多么香的套子!

那叨叨你日常故事的长舌,

(大造桃色绯闻给你的娱乐生活)

也无法贬损,只能用一种赞美的口吻,

命名你的名字,对一份病象报告祝福在心。

哦,那些罪恶得到了一座怎样的大厦,

把你挑选出来做它们的欢床,

在那里每一个污点都蒙上美丽的面纱,

所有事物都变成美人,令人眼前一亮!

  留神(心肝)这巨大的特殊的权力,

   再快的刀一经滥用也会失去其锋利。

96

有人说你的毛病在于放浪青春，
有人说你的魅力在于风度翩翩，
毛病和魅力或多或少有人垂青，
你使毛病变成通向魅力的手段：
仿佛在端坐如仪的国王手指上，
最廉价的珠宝也会受人尊敬，
同样，在你身上显而易见的这些毛病，
也会转化成真理，被看作正确的事情。
多少羔羊会被尾随的野狼出卖，
倘若野狼乔装改扮成一只羔羊！
多少含情脉脉的凝望者会被你引走带开，
倘若你愿意使尽全身的力量！
　　可别这么做，我爱你如斯，伸手张开怀抱，
　　仿佛你是我的，我是你这好人应得的好报。

97

我离开了你,多么像冬天,
你是转瞬即逝的一年里仅有的欢乐!
我感觉多么冷,日子多么晦暗!
老态龙钟的十二月遍地萧瑟!
然而别离时还是夏天,
热闹的秋天无比浩大收成大增,
扛起荡妇的盛年所遗留的负担,
仿佛主子死去之后寡妇的子宫:
但这丰收对我来说似乎是问题,
除了孤儿的希望和私生的果实,
因为夏天及其欢愉焦急地等你,
你离去甚至连鸟儿都变成哑子。
　　或者即使它们歌唱,带着沉闷的欢愉,
　　　树叶看起来如此苍白,对冬天的逼近感到恐惧。

98

我在春天离开,离你而去,

当绚烂骄傲的四月(穿上他全部修剪一新的衣服),

将青春的活力注入每一件东西:

连沉重的土星都与他载歌载舞。

但是不论鸟儿的小诗,还是在气味和色泽上

千差万别的花香,

都无法让我将任何一个夏天的故事娓娓道来,

或在它们生长的地方从它们骄傲的裙下采摘:

我也不惊叹百合花的洁白,

也不赞美玫瑰花的深红,

它们只是弥漫的香气,只是喜悦的象征:

所有这些都是照着你这原型描摹的赝品。

  但是,似乎寒冬依旧,而你离去,

   仿佛我与你的影子在一起,我与之共同嬉戏。

99

面对早早盛开的紫罗兰我这样斥责,

盗香贼,你从何处偷来你的幽香,

难道不是从我爱的呼吸里?这骄傲的紫色

作为肤色常驻在你柔软的脸颊上

在我爱的血管里你已被染过啦,

我谴责百合花偷了你的玉手,

马郁兰的蓓蕾偷了你的秀发,

玫瑰花站在刺头上瑟瑟发抖,

一朵羞得通红,一朵苍白绝望,

第三朵不红不白,偷自双方,

并给他的赃物添上你的芳香,

因为他傲慢无礼的盗窃气焰更加嚣张,

一条复仇的毛虫一口吞掉了他,带来死亡。

  我注意到更多的花儿,还能看见空无一物,

  除了从你处偷来的芳香和色谱。

100

你在何方，缪斯，你的遗忘如此久长，
谈谈给了你一切的你的可能性？
把你的愤怒虚掷在一钱不值的诗歌上，
熄灭你的力量，借给劣等的学术之灯？
回来吧，健忘的缪斯，立刻还清
优雅的数字变幻被如此的悠闲浪费的时间，
唱给对你五体投地的耳朵听，
赐你的笔以技巧和灵感。
起来，沉睡的缪斯，看看我爱情的甜美面孔，
如果时间在那里刻下任何皱纹，
任何一丝，都是对衰老的嘲讽，
让世人鄙视这时间的战利品。
　　快赐爱名分，快过时间对生命的损耗，
　　这样，你就会抵挡住他的镰刀和弯刀。

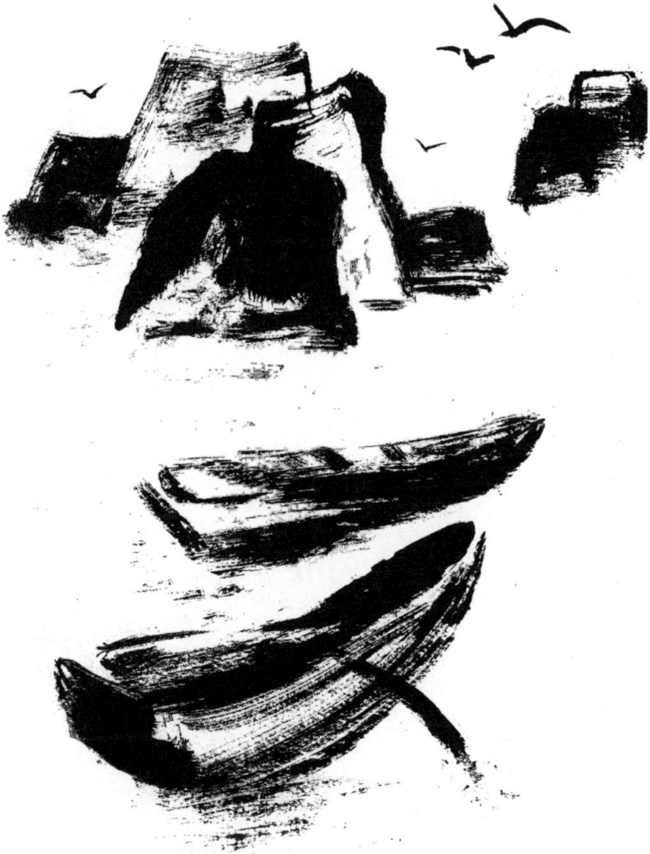

101

哦,偷懒的缪斯,你将如何赔罪,

为你忽视了漂染出来的美的真相?

我的爱滋养着真与美,

你也是这样,身在其中尽显端庄。

请回答,缪斯,你或许不愿这样讲:

真无须色彩因其色彩原原本本,

美无须画笔,便可自现美的真相:

天生丽质,如果你从不涂脂抹粉?

因其无须赞美,你就哑巴一样?

别替沉默申辩,它躺在你身上,

令他比一座镀金的坟墓活得还要久长:

在未来的世纪还要大受赞扬。

  尽你的本分吧,缪斯,我教你怎样,

  令他今后依然久长,像他现在显示的那样。

102

我的爱外干中强,

我爱得外冷内热,

富翁之爱,商品一样,

业主之爱,油嘴滑舌。

我们的爱情如新,只在春天发生,

当我习惯于用我的小诗向其致敬,

仿佛夜莺在夏天面前吟诵,

继而在成熟夏日蓬勃的生长中收声。

并非眼前的夏天不再讨人欢喜,

比她悲哀的赞美诗令万籁俱寂,

但那狂野的音乐载满每一截树枝,

甜蜜同生共长还不如它们默默相爱的狂喜。

  因此像她,我有时也管住舌头,保持沉默,

  因为,我不想令你厌烦,用我的诗歌。

103

呜呼哀哉！我的缪斯一将功成万骨枯，
还总是留一手以示其傲，
所有题材全都赤裸裸的，远远超出
我站在一旁所能给予的无以复加的夸耀。
哦，不要责怪我，如果我没有写得更多，
照你的镜子，那里会浮现出一张玉面，
远远超越我十分生硬的创作，
令我诗行黯淡无光，令我本人大丢其脸。
有罪乎！于是十分卖力地修修补补，
却将原本好端端的题材涂抹得一塌糊涂？
因为我的诗篇不走他途，除了复述
你优雅的魅力和你馈赠的礼物。
　　你照镜子时，你自己的镜子向你显示的
　　更多，远远多于在我的诗篇中所读到的。

104

对我而言,美丽的情人青春依然,

因为你仿佛还像我们初相见,

那样美丽依旧:三个冬天的严寒,

在森林中摇落了三个夏天的傲慢。

三个美丽的春天泛出秋草的枯黄,

在四季更迭中我看见,

三个人间四月芳菲尽,被三个火辣的六月烧光,

而你依然的青春还像我们初相见那样新鲜,

啊,但是美如时钟之手,

偷走他的人形,并且无影无踪,

同样,你的体香和颜色,我以为能长相守,

但却是在移动中,将我眼睛骗得一愣一愣。

 这不开化的时代怕听到你名字,

  在你降生之前美丽的夏天已死。

105

不要把我的爱当作偶像崇拜,

也不要把我爱的人当作偶像展览,

既然我的诗歌和崇拜

都献给一个人,属于一个人,依旧如此,永远不变。

我的爱,今日清水出芙蓉,明日天然去雕饰,

卓尔不凡,永恒依然。

因此我的诗坚定不移,勇于承担,

超越于一切差异之上,只表达一个观点。

真善美,是我全部的主题,

真善美,不同于其他词汇,

我的创造就花在这变化里,

打开奇妙世界,令其三位一体。

　　真善美,过去常常各自分居,

　　他们仨,到现在也并未同居。

106

当我在湮灭时光的编年史里,

看见对最美丽的幽魂的描述,

美丽创造了优美古老的诗句,

赞美死去的佳人优美的骑士。

于是在这国色天香的描绘中,

对于手足,对于眉眼,对于嘴唇,

我看见他们古典的画笔已在描述

如此这般的一种美,仿佛你对今天的征服。

于是,他们的赞美都只是预言,

关于我们这个时代,所有对你的预想,

但因为他们只是用发现之眼在看,

尚且没有足够的才能将你的价值传唱。

  对于我们,此刻有幸目睹这些岁月的馈赠,

  虽然有眼艳羡,但却无舌赞颂。

107

不论我自身的恐惧,还是梦想

未来万物的大千世界里先知的灵魂,

都无法限制我真爱的租赁,

假定是为厄运交困所付的罚金。

人间的月亮已经受够了她的月蚀,

悲观的预言家嘲笑着自己的预言,

动荡不安的现在想保住自己的皇冠,

和平用万古长青的橄榄枝发出宣言。

此刻,遍洒这时光最甜蜜的甘露的露珠,

我的爱看起来如此新鲜,死神将我订阅,

不管他,当他用辱骂终结了闷声不响的种族,

我将活在这可怜的诗篇内部,

  而你在此处会发现你的纪念碑,

  当暴君的顶饰和黄铜的坟墓被荒废。

108

那墨水书写的头脑里的为何物,

它已经不再用图画为你描绘我的真髓,

何物为新可以说出,何物现在可以记录,

可以表达我的爱情,或你的高贵?

一无所有,宝贝小子,但犹如神圣的祷告,

我必须每天都默念完全相同的字词,

老话不老常说常新:你属于我,我属于你,

就仿佛我第一次把你高贵的名字当作神祇。

因此永恒的爱情都蕴于爱情新鲜的实例中,

既不蒙尘,也不为时代玷污,

也不给必然到来的皱纹留空,

使长寿做他忠心耿耿的男仆。

  发现最初的爱的幻想还在那里培养,

    在那里时间与外貌将展示它的死亡。

109

哦,永远不要说我虚情假意,
尽管别离令我的热情貌似降低,
好像我远走他乡很容易抛弃自己,
好像我灵魂出窍,它原本躺在你胸膛里:
那是我的爱情之家,如果我历经长路漫漫,
像他那样再度回还,
准时到家,不与光阴讨价还价,
以便我随身带回的净水能够洗刷我的污点。
永远不要相信,尽管在我本性的支配下,
所有缺点已经淤塞在全身上下每一根血管中,
它竟能被如此的荒谬玷污,
把所有的美好都留给虚空。
  我唤广宇之虚空,
   救我玫瑰救我命。

110

唉,这是真的:我东奔西窜,

把自己搞成小丑面对人们的视线,

剪裁我的思想,把最宝贵的贱卖,

感情的孽债,旧债未还,新债又欠。

这是最真实的:我斜睨冷对真情,

怀疑而又奇怪:但通过上述事情,

这些畏缩赐予我心灵又一个青春,

最坏的考验证明你是我最好的情人。

现在,全部都已完成,会拥有无穷无尽,

我再也不折磨我的相好,

用新考验去验证老情人,

面对一位爱神,我甘愿被幽禁。

　　那么赐我以欢迎吧,我下一站是最美好的天堂,

　　甚至可以面对你那纯洁无瑕的最最可爱的胸膛。

111

哦，因为我的缘故，你用命运

责难我有害行径的有罪的女神，

以粗茶淡饭待我如平常百姓，

她没有更好地抚养我的生命。

于是我的名字被打上一道金印，

从此我的天性几乎被投身其中的

工作磨平，如同染色工的手：

那么可怜可怜我，祝愿我重获新生，

像个心甘情愿的病人我愿服下

转售的药水来抵抗我强大的传染病，

我哑巴吃黄连有苦说不出，

并非双修之苦，只是矫枉过正。

  那么，可怜我吧，亲爱的友人，我保证：

  如此一来，你们心有慈悲便可治愈我病。

112

世俗的诽谤在我的眉毛上盖章,

你的爱与悲悯改变了这一形象

谁在关心我,不论说我坏还是说我好,

惟有你——遮盖我的坏也彰显我的好?

你是我全部的世界,我惟有努力,

方能从你的舌尖获知我的荣辱毁誉,

对我来说,世无他人;我对他人,亦如死者,

我铁石心肠的感觉或改变是对还是错?

我把他人关怀的声音一股脑儿掷向

万丈深渊,我作为一条蝰蛇的意义,

就是令批评家和奉承者统统把嘴闭上:

记住:我是怎样赦免了我的自私自利。

  你如此强有力在我意志里生生不息,

    以至于,全世界,除了你,都死去。

113

自打离开了你,我的眼就留在你心上,
那一双指挥我四处行动的眼睛,
做了分工,在一定程度上变盲,
貌似还能看见,其实已经失明:
因它绝无任何形象传递给心灵,
花鸟草虫,或它捕捉到的其他影像,
过眼云烟,不沾心灵,
他自己的视觉也留不住触及的形象:
因为如果它看到粗犷或柔和的景色,
最甜美的笑容或畸形的生物,
山或海,日或夜,乌鸦或白鸽,
它把它们全都转化成你的面目。
  无载更多,你已占满,
    我心最真,不真我眼。

114

抑或我的心以你加冕
一口饮尽君王的毒鸩——恭维自己？
抑或我说：说真话的是我眼，
你的爱教会它点石成金的魔力？
将怪兽和纷乱的万物打造成为
如此的天使就像你自己甜美的画像，
将每一颗歪瓜裂枣创造成至善至美，
让目标面对他的光束快速变形闪亮登场：
哦，是前者，是恭维在我眼里，
我伟大的心灵善良地将它一口饮尽，
眼睛善解心灵美意，
投其所好备好这杯毒鸩。

　　真是毒鸩，罪不至重，
　　最早生情，还是眼睛。

115

我先前写下的那些诗行全是谎言,

甚至于那些表白:我的爱无以复加,

那时我自知是毫无道理地作出判断,

我最完美的火焰会在燃烧得更干净以后出现。

但是掐指算算时间,它数不胜数的事故

在海誓山盟中蠕变,篡改君王的法令,

晒黑神圣的美人,以磨钝锋利的宝剑为企图,

使强大的思想服从于万物更替的过程:

唉,为何惧怕时间的暴政,

那时我不可以说:现在我爱你至极,

当我摆脱疑虑,不再忧心忡忡,

别无他顾,给当前一个加冕礼?

  爱是宝宝,那时我不可以这么形容,

  给他一个完美的成长令其长大成人。

116

让我不要对两颗真心的结合

承认障碍的存在,爱是不爱

当它见风使舵,

或者遇事躲开。

哦不,爱是永远固定的航标,

望着暴风骤雨,从不动摇,

爱是星星,照亮浪迹海角的树皮舟,

价值不可估量,尽管重量可以带走。

爱不被时间欺骗,尽管玫瑰色的唇和脸

会在他弯曲如镰的罗盘内部沦陷,

爱以不变应对瞬息万变,

甚至将时间背出末日边缘。

  倘若此言差矣,被人证明有错,

  算我从未写过,人类也未爱过。

117

如此控告我吧，说我一贫如洗，

我应当将你的大沙漠还给你，

忘记伏在你至亲的爱人身上声声呼唤，

为何所有镣铐都戴在我身一天又一天。

说我：士为知己者死，

重思想而轻情爱，

说我：长风破浪会有时，

直挂云帆济沧海。

记下我的恣意妄为，

仅仅是猜度，日积而月累，

把我带到你的眼皮底下，紧锁愁眉，

不要在你被唤醒的新仇旧恨的枪口下将我射杀。

　　既然我的上诉说我努力

　　证明：此恨绵绵无绝期。

118

像以刺激味觉的辣椒，

令我们口水涟涟，

像预防看不见的疾病，

我们服泻药通便。

即便饱尝你从不腻人的蜂蜜，

我也要吃上一点儿黄连；

生病的幸福发现患病是种相遇，

在有真正的需要之前。

因此，在预知中产生的爱情方略，

并非疾病，却会产生真正的谬误，

我把一个健康的身体

治愈的幸福交给药物。

  但由此我得到一个真正的教训，

  如此因你生病，服药如同饮鸩。

119

我咽下的塞壬的眼泪是怎样的魔药
来自好似地狱深处般邪恶的蒸馏器,
给希冀增添恐惧,给恐惧增添希冀,
眼看自己将要获胜,结果还是失利!
我的心灵曾犯下多少卑鄙的错误,
它却感到自己从来没有如此神圣,
我有多少粒眼珠夺眶而出,
在狂热带来的心烦意乱中!
哦,生病的佳处,现在我真的发现:
更佳的是:经历邪恶仍然更佳。
毁灭的爱情,一旦重建,
会远比最初变得更美丽,更强壮,更伟大。
  因此,我甘愿受辱,心满意足,
   通过生病得到更多,三倍于失,我已赚足。

120

你曾经的刻薄现在帮了我,
因为我当时感觉到了悲伤,
我必须低头面对我的罪过
除非我的神经是黄铜锻钢。
倘若你动摇于我的不近人情,
像我被你,你将捱过一段炼狱的光阴,
但是我这个暴君从无闲暇来称一称
我赦免你的罪行究竟有多重。
哦,我们那悲伤之夜或许会记得
我最深切的感觉,真正的悲伤多么难熬,
于是我立刻给你,就像你当时递给我
适用于我受伤的胸怀的卑贱的药膏!
  但是你的罪过如今变成了赎金,
   我赎回你心,你定要赎回我身。

121

索性卑鄙也强过被强指为卑鄙,

当你并非如此却蒙受不白之冤,

应得的快乐失去,它也受到如此抨击,

并不深入我们的情感,而是通过他人目击的表面。

为何他人虚伪搀假的双眼

会与我沸腾的热血开玩笑

或者为何抓住我的弱点充当更弱的密探,

在告密信中将我认为的好处全写成糟糕?

哦,我就是那个我,他们

对我的虐待,暴露了自己,

我堂堂正正,他们歪瓜裂枣;

我的行为岂能被他们的等级思想遮蔽?

  除非他们固守这座卑鄙堡垒:

  全人类,性本恶,恶驭人类。

122

你的礼物——你的表格,在我脑中
被永恒的记忆填满,
它在一切无所事事的爵位之上,
超越时间直达永远。
或者至少,像头脑和心灵那样长久
被造化赋予某种生存能力,
直至各自相忘于江湖,
但却秋毫无犯你的记忆:
那可怜的记忆不可能承载如此之多,
我也无须将你的爱计算成分数,
因此我大胆地放它们离开我,
相信这些表格会更多将你记录:
　　靠个助手才不忘,
　　岂不意味我健忘。

123

不！时间，你不必自吹对我的改变，

金字塔或许会被重新修建，

对于我却毫不新奇，司空见惯，

它们只不过是旧貌换新颜。

譬如朝露，去日无多，

因此我们才艳羡你硬塞给我们的古玩，

宁愿它们的出土能够满足我们的饥渴，

佯装想不起我们早有耳闻在很久以前：

对你和你的记载我同样藐视，

不论过去还是现在从未惊叹，

因为你的记载和我们亲眼目睹的一切全不一致，

你庸庸碌碌地制造了多少谎言。

  我发此誓，它将永存：

  无畏你镰，我就是真。

124

如果我的挚爱只是这国家之子,

或许就是个生父不明的私生子,

作为时间之爱恨情仇的主题,

野草中的野草,或与群芳斗艳的花仙子。

不,它的绽放绝非偶然,

它不堪忍受满园笑脸,

也不凋落于反抗奴役的风吹雨打,

成为我们呼唤的时尚——融入时间。

它不惧那异教徒

只适用于短期租赁的政策,

但所有兀自挺立的庞然大物——政治

既未阳光雨露禾苗壮,也不无可奈何花落去。

　　有鉴于此,我称其为时间的蠢货,

　　它因善而死,为恶而活。

125

我高攀天庭难道不是一无好处,

用我的外表装点它的门面,

或为永恒打下伟大的基础,

证明比荒废和毁灭来得更加短暂?

难道我没见过追求形式寻找靠山的人,

失去一切,大把大把花费太多的佣金,

为了糖精,放弃单纯的原味,

可怜的繁华在他们的巴望中耗尽?

不,让我在你的心中忠贞不渝,

献给你我的祭品,微薄但不沾铜臭,

不含杂质,不藏心机,

彼此增光,相互添彩——只有我,献给你。

  因此,你收买了告密者,一个真正的灵魂

  被检举控告得越多,越是逃不出你的掌心。

126

哦你，我可爱的大权在握的小子，

掌控变幻的魔镜中他无常的时间：

你通过延缓生长来炫耀自己年轻，

你的情人们纷纷枯萎，当你展现你甜美的容颜。

如果造化（凌驾于一切之上的情妇），

在你离家出走时还能拉回你的双脚，

她留住你的目的为了炫耀她的魔术，

令时间蒙羞，扼杀卑鄙的分分秒秒。

哦，你还是怕她，你是她寻欢作乐的小奴，

她可以扣留，但无法永葆她的宝宝。

  她的账目（尽管延期）必须清算，

   她的偿清，给你偿还。

127

旧世纪，一白遮千丑，黑色不算美，
勉强算，它也高攀不上美的芳名：
但如今，黑为合法继承人继承了美
美，便引来污言秽语的诽谤声声，
既然每一只手都戴上自然之力的手套，
用艺术借来的假面具遮掩丑物，
甜美人便无名无姓亦无神圣闺房，
即便不忍辱偷生，也会惨遭亵渎。
因此我情妇的秀发有着乌鸦的黑，
她的眼睛也相得益彰，似在哀悼
那些天生没有丽质的人，以为世上并不缺少美，
便虚情假意地滥造诋毁。
　　然而，它们如此的哀悼源自于她们的悲哀，
　　以至于每一条舌头都在说：美，当如是哉。

128

多少次当你演奏我的音乐,

在那开过光的木头上,用你

纤纤细指弹出声音,你轻轻拨弄

这和谐一体的金属线,让我耳朵意乱神迷,

我多么嫉妒那些敏捷跳跃的小家伙,

可以趁机吻你温柔的手掌心,

我可怜的嘴唇,本该有此收获,

却只能红着脸站在你身边呆望着放肆的木头出神。

受不了这样的痒痒,它们会用这些舞蹈的

小木片来改变它们的状态和位置,

你的手指以温柔的步态从它们身上跨过,

令死木头比活嘴唇幸福太多,

  既然这些活泼的小家伙因此而快乐,

   把你的纤纤素手给它们,用你的嘴唇吻我。

129

精神牺牲于可耻的浪费

是欲望在行动,且到行动为止,欲望

善做伪证,蓄意谋杀,血腥责备,

野蛮、极端、粗鲁、残忍、撒谎,

朝三暮四,始乱终弃,

到处猎艳,眉头一皱,

无端仇恨,仿佛一口

吞下让猎物癫狂的铁钩。

如此疯狂的追求和占有,

曾有,现有,正在追求,永远没够,

幸福的证据,证明了哀愁,

在极乐之前,在梦碎之后。

  这一切人所共知但却无人知晓怎样

  逃避将人类引向地狱的天堂。

130

我情妇的眼睛丝毫不像太阳,
珊瑚远比她的嘴唇更红,
倘若白雪皑皑是真,为何她的胸乳会黯淡无光,
假如秀发是铁丝,黑铁丝在她头上长成常青藤:
我见过锦缎般的玫瑰,红的白的,
在她的脸颊上却不见这样的玫瑰,
琳琅满目的香水能够带来更多的快乐,
胜过我情妇通体散发出的体香的香味。
我酷爱倾听她的谈吐,但深知,
音乐远比她的嗓音更讨人喜欢:
我承认我此前从未看见过女神行走的身姿,
当我的情妇款款走来轻轻踏过大地的表面。
  然而,穿过天堂我才发现:
  我的情人人间罕见,好比天仙。

131

你貌似贪残暴虐,于是就像

心狠手辣仗美欺人的女子;

因你最懂我可爱的偏爱你的心肠,

你是最美丽最珍贵的宝石。

但是,可信的人说:瞧你

你的脸蛋缺乏令爱人呻吟的魅力,

当众说他们错了,我没有这个勇气,

虽然私下里我对其大骂不已。

可以肯定我的大骂毫不矫情,

只要一想起便会有一千条呻吟爬在你的脸上,

在另外一个脖子下的人可以见证

在我的判断中,黑才是最美丽的众色女王。

  在虚无中是你用你的行为拯救了黑色,

  打那以后,所有诽谤都被我视为收获。

132

我爱你的眼睛,它们像是对我同情,

知道你的心用不屑一顾将我蹂躏,

身披一袭黑衣,做忠诚的哀悼者,

望着我的痛苦,目光中饱含悲悯。

真的,不是天边的朝阳,

与东方灰色的面颊更相称,

将清醒的西方一半照亮,

也不是夜间领路的漫天星辰,

好像两只哀悼的眼对称着你的脸:

哦,让它接下来也能吻合你的心,

为我哀悼,因我正哀悼你的仁慈,

对称着你的悲悯的是全身上下的每一部分。

  然后我愿发毒誓:美本身是黑,

  所有缺少你肤色的人都在犯罪。

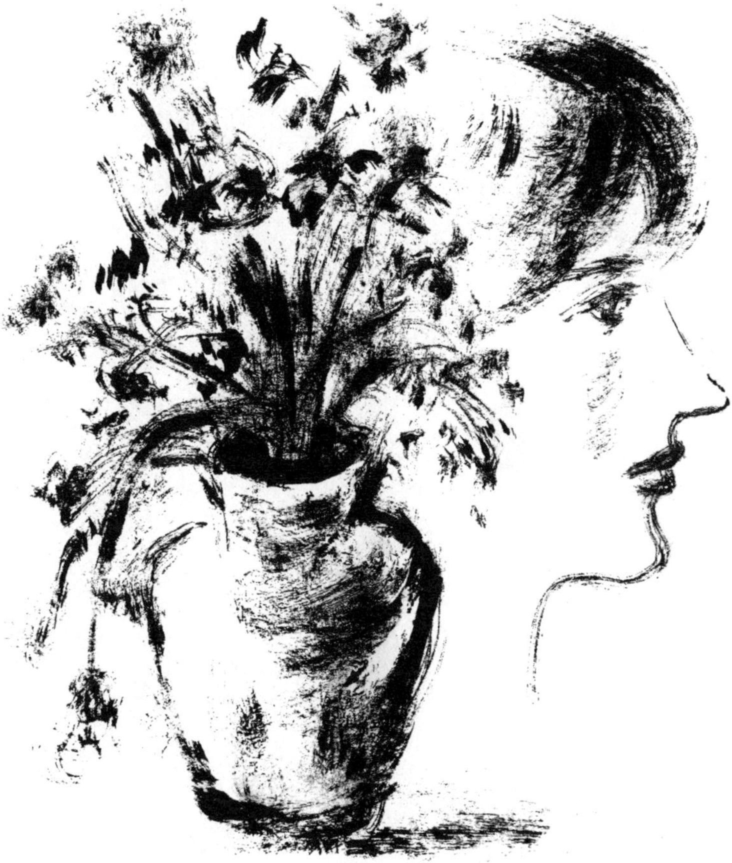

133

诅咒那一颗让我的心呻吟不止的心,
为它给我和我的友人鞭打出的深深的伤痕,
难道还不满足于折磨我一人,
非要奴役我最亲密的友人?
你冷酷无情的眼睛已经将我从自我中剥离,
我的下一个自我你已经全神贯注死死盯住,
我被他——我的自我和你抛弃,
一种虽九死其犹未悔的苦难纵横交叉于前路:
将我的心囚禁在你钢胸铁怀的病房内,
但后来我友人的心让我可怜的心保释,
不论谁监视我,让我的心被他保卫,
你便无法在我的狱中对我为所欲为。
　　你还会变本加厉,因我被囚禁在你身体里,
　　我身上所有的一切都注定属于你。

134

于是,现在我已承认他是属于你的,
并且我拿自身抵押给你的意愿,
我宁愿丧失自我,好让另一个我——
你一定会来安慰我,让我恢复如前。
而你不情愿,他也不愿被释放,
因为你的贪婪、他的宽恕,
但他学会了为我立下字据,像担保人那样,
在债券下面,他作茧自缚。
你要随身携带你美丽的律令,
全都可以用于你的高利贷,
债主因我之故跑来控告一位友人,
于是我失去了他,通过我无情的伤害。
　　我失他来你霸占他和我,
　　他还清债来我仍不得脱。

135

不论她心系谁,你都有你的心愿,

心愿被人引导,心愿无以复加,

绰绰有余,我仍然让你心烦意乱,

你的甜蜜便如此这般不断添加。

你的心愿像个巨人,

不想屈尊把我的心愿藏在你的里边?

难道他人的心愿都那么可亲可近,

而公平接纳的光芒就从不照耀我的心愿?

海全都是水,照样接纳雨,

有容乃大,浩瀚无垠,

同样,心愿丰富的你愿意

添加我一个心愿,你便会成为巨人。

  别让无情和不公杀死了恳求和请愿,

   感谢万众一心,我在此心中有一愿。

136

如果你的灵魂抽查你时发现与我靠得如此之近,
对你瞎眼的灵魂发誓:我是你的心愿,
你的灵魂将会知道并承认这件事情,
如此遥远,因为爱,我的求爱履行得如此甘甜。
心愿,将充实你爱情的宝库,
啊,用天下人的心愿将其填满,我算其中一人,
将我们证明过的事实收归伟大的万物,
在一串收据号码中,一(one)被认作无人(none)。
然后待在这个号码之中让我穿越了无穷,
虽然在你商店的账户中一定保留着我这个"一",
因为没有什么拥抱我,所以它乐意与你相拥,
我一无所有,但有件甜蜜的东西给你。
　　将吾名做汝爱兮爱永远,
　　吾遂成汝至爱兮名如愿。

137

你盲目而又愚蠢的爱,到底
对我眼睛施何魔法,让它们视而不见?
它们懂得美,也知道美在哪里,
但却善恶不分,把十恶不赦当成至善?
如果眼睛戴上了不公的有色眼镜,
抛锚在全人类漂浮的海湾,
为何你锻造的铁钩被握于说谎的眼睛,
为何它死死钩住了我心灵的判断?
为何我的心明明知道世界之广袤
是公共场所,却要将它画地为牢?
或者我的眼睛言不由衷口是心非,
硬要给一张丑陋的嘴脸强加上美?
 心与眼迷失了真的方向,
  便在虚伪之中病入膏肓。

138

当我的情人发誓：她是真做的，

我信了她，虽然我明知她撒谎，

她或许认为我是个天真的雏儿，

不谙世事虚伪阴险的真相。

如此虚妄地以为她会以为我年轻，

虽然她知道我的生命已跨过巅峰，

我单纯地相信她花言巧语的舌头，

双方都拼命地压抑住朴素的真情：

可为什么她不说她不诚恳？

可为什么我不说我已老了？

哦，爱的最佳习惯就是表面上的信任，

爱情不会告诉你爱人的芳龄。

  因此，我对你撒谎，你对我撒谎，

  我们利用谎言隐瞒缺点奉承对方。

139

哦，别叫我接受这样的错，
你的不善躺在我的心上，
伤害我吧，用你的眼，别用你的舌，
用你的力量杀死我吧，但别耍花样。
心肝，休要王顾左右而言他
告诉我：你另有所爱；但让我看见，
何须用手段来伤害，你如此强大
我仓促的防线岂能阻拦？
让我原谅你，啊，我的爱心知肚明，
她的漂亮已经与我为敌，
因此她从我的脸转向我的敌人，
那样的话可以在别处刺伤他们：
　　可别这样，既然我在劫难逃，
　　就用目光彻底地杀死我吧，一了百了。

140

你冷酷无情,也须聪明一点儿,别用

太多的蔑视逼迫我被缚之舌的耐性,

以免悲伤借给我词语让我开口说话,

这祈求怜悯的痛苦的方法。

倘若我可以教你智慧那便更好,

尽管不爱,但还是要对我谈情,

仿佛死神逼近的暴躁的病号,

除了好转不想从医生那里获知别的报告。

因为如果我绝望,我就会发疯,

在疯狂中或许会说出你的病情,

此刻这病魔缠身四脚朝天的世界已变得如此之坏,

疯子的谗言被疯子的耳朵信以为真。

  以至于我不这样,你也不会被遮掩,

    承受你双眼的瞪视,尽管你骄傲的心已经放宽。

141

说真的光凭肉眼的目测我并不爱你,
因为它们在你身上看见了百孔千疮,
但是我心在爱,爱着眼睛瞧不上的东西,
它在眼睛的憎恨中溺爱得欣喜若狂。
也不是听到你舌头的仙乐我耳暂明,
也不是敏感的触觉面对挑逗的触碰,
也不是味觉,也不是嗅觉,想要出席
任何与你独处的感官的宴请:
可是不论我的五种智慧还是五种感官
都不能劝说一颗情痴的心不再服侍你,
他不为所动地抛开一个大男人的脸面,
心甘情愿做你骄傲之心的奴隶:
  只是我如此这般的苦难远不及我收获的数不胜数,
  她造成我犯罪,再授予我痛苦。

142

爱是我的罪过，恨是你高贵的美德，

恨我的罪过，基于罪恶的爱，

哦，与我相比，瞧瞧你自身的状态，

你会发现谴责我的优点多么不应该，

或许该，也不该出自你的芳唇，

那将玷污唇上的口红，

密封伪造的爱情证券，常常像我一样，

抢劫他人出租床第的租金。

我爱你就像你爱他人一样合法，

你美目顾盼招蜂惹蝶就像我对你胡搅蛮缠，

怜悯在你心中生根发芽，

与日俱长，值得爱怜。

  如果你追求占有的是你隐瞒的一切，

  你会被自己的偶像拒绝。

143

瞧啊,像一个贤惠的主妇跑去抓

一只从她家逃走的老母鸡,

放下她的宝宝,使出浑身解数,去抓,

去追赶她竭尽全力想要留住的东西。

与此同时她被扔下的孩子在后面追,

哭喊着想要抓住她,她忙于弓身追赶,

对面前那只老母鸡紧紧追随:

不顾她可怜的宝宝的不满;

同样,你在其身后追赶那个远走高飞的男人,

与此同时我——你的宝宝在你身后追赶着你,

你若抓住希望,就请转过身:

尽妈妈的本分,亲我吻我,待我一团和气。

  于是我默默祈祷祝你得偿所愿,

  如果你转过身来,我的哭喊还会更大声一点。

144

安慰与绝望——我有两大情人,

像两个精灵一直对我暗示,

好天使是一个公平正义的男人,

坏幽灵是一个黝黑邪恶的女人,

为了让我快下地狱,我邪恶的鬼魅,

引诱我的好天使从我身边离开,

诱惑我的圣人堕落成魔鬼,

用她不可一世的傲慢向他的纯洁求爱。

我的天使是否会变成恶魔,

我不能直言相告,尽管心存怀疑,

但都离我而去,结为狐朋狗友,

我猜想:一个天使在另一个的地狱里。

　　然而对此我永远无法明白,除了活在怀疑里,

　　直至我的坏天使将我的好天使一把火烧出去。

145

爱神亲手塑造的嘴唇,

冲着为伊消得人憔悴的我,

翕动着发出声音:"我恨",

但是当伊见我如此难过,

怜悯便在心头油然而生,

斥责那曾经甜蜜的舌头,

作婉言宣判末日之用,

遂教它如此这般重新问候:

"我恨" —— 伊改变了语气,

随之而来—— 恍若晴朗的白天,

从天堂向地狱,

驱散恶魔般的夜晚,

　　"我……"——她把"恨"字丢弃,

　　救我一命说:"我爱的——不是你。"

146

可怜的灵魂——我的罪恶累累的大地的中心,

被你精心部署的反叛者的兵力所愚弄,

为何你悲从中来,遭受饥馑,

却有如此富丽堂皇的雕梁画栋?

为何如此短的租期却花如此大的成本,

难道你非要在你倾颓的大厦上一掷千金?

蛀虫将成为这毫无节制的奢靡的继承人,

吃光你的费用?这是你身体的山穷水尽?

于是灵魂靠你——靠你仆人的损失偷生,

让悲哀堆满你的仓库,

卖掉时间的垃圾,买进地位的神圣,

被喂养得脑满肠肥,哪怕没有更多财富。

  同样,你将吃掉吃人的死神,

  死神一旦死去人成不死之身。

147

我的爱依旧是一种发烧的憧憬,

渴望那长久滋生此病的温床,

服用一种药物,能将病情永存,

不知饥饱的病态食欲永葆兴旺:

我的理性——这位医生面对我的爱情

恼羞成怒:他给我开的药方

荡然无存,如今我绝望地赞同:

无药可救,色即是空,欲即死亡。

无可救药,理智尽失,

狂躁不安的疯狂伴随永远的动荡,

我的思想与言辞全都像个疯子,

空口无凭,口无遮拦,信口雌黄。

  吾颂汝美人兮无极之璀璨,

  汝面如黑夜兮暗如阎罗殿。

148

哦！爱情给我装上了一双

怎样的眼睛，无视真正的美景，

或许它们能看见误判造成的风光，

结果被指摘为以假乱真？

如果那是我虚假的眼睛里的美，

为何世人拒不承认？如果不是，

那么爱便可以表达得淋漓尽致，

情人眼里出西施，

不是这样，又能怎样？哦，怎样令情人

之眼看得真切，泪眼蒙蒙愁煞人？

尽管我矫正了我的视力，还是没有奇迹发生，

太阳看不见自身，须到天空放晴。

  哦，狡诈的爱人，用泪水冲瞎我的双眼，

   免得我明眸善睐，将你的阴谋诡计看穿。

149

哦，你怎能如此残忍，说我不爱你，
当我反抗自身与你一起分享担负？
难道我不是在想你，当我忘记自己，
暴君中的暴君，因为你的缘故？
憎恨你者，我可曾称其为友，
反对你者，我何尝讨好奉承？
不仅如此，如果你对我眉头紧皱，
难道我不是立刻唉声叹气报复自身？
我身上还有什么值得尊重的优点，
让我如此傲慢地不屑于为你服务，
当我用全部的至善至美来崇拜你的缺陷，
难道不是听命于你美目流盼的任意吩咐？

  但是现在，爱在恨着，我了解你的想法，
  你爱明眼人，而我已瞎。

150

哦，怎样的权力赐予你这种强大的可能，

用缺陷统治我的心灵，

让我将谎言交付真实的眼睛，

并诅咒：光明不能令白昼变得优雅从容？

你怎样令万物逢凶化吉，

在你极其垃圾的行动中，

拥有如此强劲蓬勃的活力，

在我心中，你这头狗熊凌驾于所有英雄？

谁教你如何令我爱你更深，

我耳闻目睹几乎都是民愤，

哦，虽然我爱他人之所恨，

你也不该与他人沆瀣一气报我以恨。

  你越不可爱我越爱，

  我才值得你真心爱。

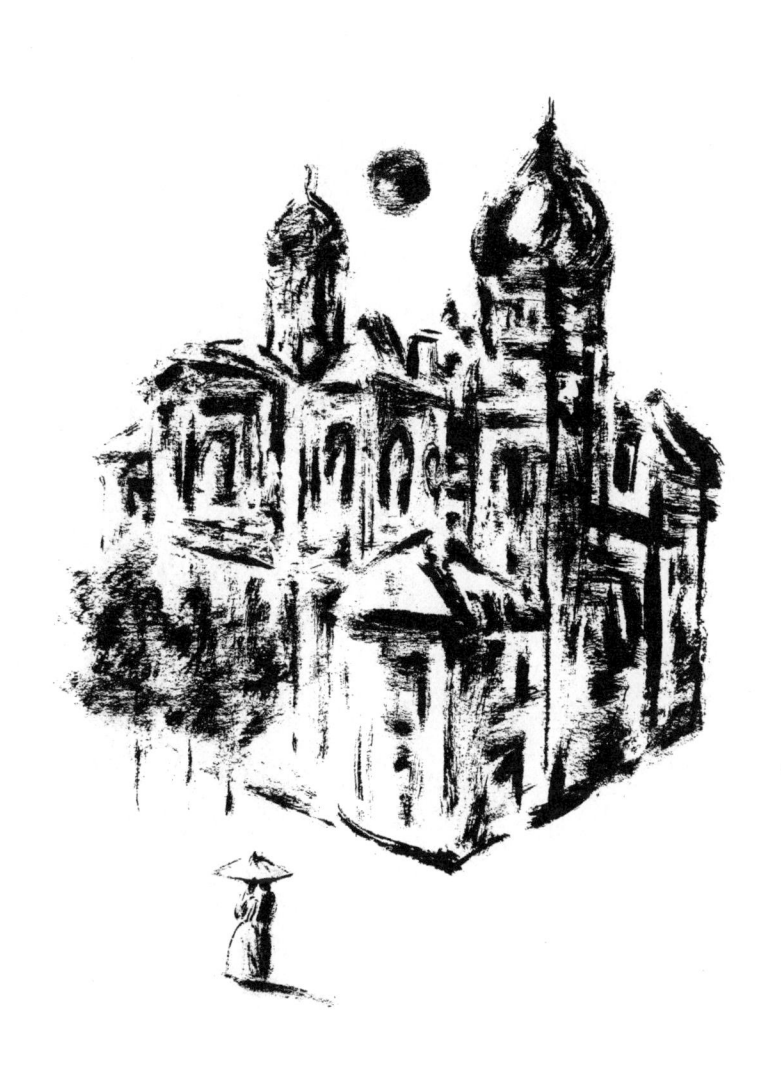

151

爱人太过年轻，不知什么是良心，

然而，有谁不知良心诞生于爱情？

那么，温柔的骗子，别逼我犯错，

以免我错误的罪行成为你甜蜜的自证。

因为你出卖了我，我将我高贵的部分

出卖给我粗野的身体的不忠，

我的灵魂告诉我的肉体，它可以赢得爱情的

胜利，肉体留了下来，并无长远的原因，

对着你冉冉升起的名字将你指出，

你是他胜利的骄傲，骄傲中的骄傲，

他是你可怜的苦役的最大满足，

傲立于你的风流韵事中，向你身边倾倒。

  良心丝毫不想与她长相守，我只好叫她

  爱情，为她心爱的人儿，我站起又倒下。

152

你知我并不信守爱你的誓言,

可你两度做了爱我的伪证,

撕碎新建的忠诚,打破床上的誓言,

另寻新欢,又添新恨:

可为什么我还有脸指责你两度违背誓言,

当我违背二十次?我是伪证之集大成者,

因我所有的海誓山盟都是在对你敷衍:

因我全部诚实的信仰都在你身上失落。

因我打心眼里为你深如大海的善良作证,

你的爱情、你的真诚、你的坚贞,

为了照耀你,我刺瞎我的眼睛,

或教它们发誓:反对它们看见的任何事情。

  我对天发誓你真美:还做了更多伪证,

   发誓反对真—— 一件如此污浊的事情。

153

丘比特将他的火把插在一边,倒头睡去,

月亮的一位侍女发现有利可图,

于是他的爱情导火线点燃的火焰很快被浸于

大地之上的一孔山泉,冰冷刺骨:

它借自爱情神圣的火焰,

一股来自远古的生机勃勃的热能生生不息,

生长为温泉,被用来洗浴,还被人类发现

对治愈疑难杂症有极好的效力:

但在我情妇的眼里,爱情的火把重新燃烧,

这位男孩为了试探需要将会触摸我的前胸,

我病了,想要得到这温泉的治疗,

快去那里,这位郁郁寡欢心烦意乱的客人。

  但毫不见效:给我帮助的温泉

  坐落之处,丘比特获取新的火焰——我情妇的双眼。

154

这位小爱神有一次躺下睡去,

将他点燃心灵的火把插在一边,

此时许多誓葆生命贞洁的仙女,

翩然而过,其中最美丽的修女捡起那火焰,

在她处女的手上,

那曾让千万颗真诚心灵备感温暖的光芒,

如此这般热烈的欲望,

在沉睡中向一位处女之手缴械投降。

她将这只火把拿到附近的冷泉浸熄,

冷泉从爱情之火中获取永恒的热量,

长成温泉,为人类强身健体,

解除束缚,我却被我的情妇奴役

  到此问诊方得明,

  爱火沸水不冷情。

微博评论精选

@ 黄吴黄吴：从前的伟大是概念，之后的伟大可触摸。

@ 长颈鹿搽果酱：看来一个全新的莎翁要出现了！

@ 啦啦达人：音调铿锵悦耳、张弛有度！

@ 小金鱼地盘：历史的天才！

@ 天津图雅：读这样的诗，你没有理由不警醒和反省。容貌是外在的，但能体现你内在的精神。照镜子，不为自恋，而是以正衣冠。美丽不能无谓地挥霍，要保住它，让它成为自己的永恒财产。

@ 就我没白吃：我们还有资本挥霍，是一种幸运还是一种悲哀？

@ 寂寞别走：喜欢这一句：失去的只是表演，它们依然芳香永驻！

@ 占卜炫舞：这是我读到的最为喜欢的莎士比亚。

@ 梅花驿：当你把莎士比亚十四行诗作为一个整体来阅读的时候，也许才能真正读懂这些诗。新译给了我这个机会，我也是第一次无障碍地一首首地读了进去。

@ 张明宇 1979：死而复生，重生！另一个你，"金蝉脱壳"

而出！年轻的"新鲜血液""聚居着智慧、美丽和繁衍"！朋友，请倍加珍惜吧！而让那些不开化的族群"贫瘠地死去"吧！最棒的是后两句："她（世界抑或命运之神）将你雕刻（一刀刀，有力的）成她的印章（妙喻）""你当印出更多张（繁衍繁荣），也莫让副本销亡（感恩大爱）"此诗奏响铿锵有力的音乐！

@ 天眼微睁：美丽的生命，应当如此传承。哈，译得有味道，不仅将其译成汉语诗文，还能译出现代语言——亲，我的爱。

@ 陕北李岩：《当你老了》《来自时间的大海》《莎士比亚十四行诗》这三本书，让青海人民出版社成为大西北首屈一指的名社。奥秘简单至极：在不作为的年代有所作为。

@ 成诚的漂亮妈妈："亲，我的爱""我也不能分分钟就算出命运"。伊沙翻译的这一版更具有时代性，因为他关注并肯定语言的发展。社会在前进，诗歌翻译必须要跟上步伐。

@ 李八牌：在时间面前，青春和生命转瞬即逝。如何在与时间的作战中取得胜利？"只有放弃自己才能保全自己"，貌似悖论，这两个"自己"是不一样的。

@ 梦梵 6233：诗人将大地视为母亲，将地球上的人都视为大地的孩子。"诗给你生命"，揭示了真实的人生。诗人寓情于物，借物抒情；从而烘托出诗人要表达的情感，更增添了诗歌的情趣和魅力。作品翻译得生动、形象、新颖！

@ 李东泽 0459：自信的莎翁！

@ 久违心痛吗：这样的翻译水平真是让我们不得不佩服啊！

@ 格木登：以不同的譬喻，从不同的角度，提炼、抒发为深沉的诗！

@ 厕所在隔壁胡同：好的翻译家，就是让我们看到诗作本身的东西。

@ 暗夜盛放的花：最好的翻译就是"如实地翻译"，这也是最难的啊！

@ 广东江湖海：真正的莎士比亚，可读性太强了！爱读！

@ 粉红凤凰灰呀灰：你笔下的莎士比亚和别人的不一样！

@ 章无明 666：完美地解释了日不能食、夜不能寐。

@ 一朵花与森林：真棒啊！莎士比亚十四行诗最好的译文！

@ 难道这就是桃园：翻译这件事，伊沙真的做得很不错呢！

@ 吃太阳的蝉：当"我"死在你前边，也许你会重新打开这些为爱而写的诗卷，它们在那时华美的先锋诗歌面前，显得自惭形秽。你说：它们因丰沛的真情而弥足珍贵。如果是这样，"我"是幸福的。

@ 脚步声声：爱是生成世界的力量，爱是诗歌中的最强音。

@ 声韵悠悠：莎翁热爱和珍惜一切美好的事物，并为美随着时光流逝而痛惜不已！

@ 不跟你玩我自己玩：我们不仅仅需要一个翻译，要的更是一种情怀，用一种诗歌的情怀去翻译。

@2013快来了噢：翻译不求跟原文有多像，主要还是在于精髓！

@ 李振羽：请恣意享受如此美妙的顶尖汉语与世界大师的黄金交融……

@ 只剩相片啦：能把这位伟人的诗集翻译得如此淋漓尽致，不容易！

@ 老乌鸦555：译得太完美了，如我所幻想的最美好纯真的爱情。我是你美好的善意，读这句时我实在hold不住了。

@ 云朵模：沙译莎翁，在诗坛插上了一杆光辉的旗帜。

@ 痴情小贱贱：将一首首诗翻译得如此完美，也真够水平的了。

@ 无忌001：莎翁不知道九泉之下会不会感谢百年之后还有人能懂他？

@ 梦梵6233：很喜欢伊沙老师翻译的《莎士比亚十四行诗》，"我全部的爱都归你，你拥有的爱比先前更多，那么如果因为我爱你，于是你爱我"……当彼此深深相爱时，就能找到真爱。

@ 广东江湖海：这才是好读的莎士比亚！译得太好了！

@ 李小二的春天：看起来简单易懂，可是哲理就在其中。

@ 海绵不吸水0：再牛的莎士比亚也需要像伊沙这样的人来诠释。

@ 红红西红柿：伊沙老师翻译莎翁的诗很到位呀！

@ 陈琴爱琴：千万别小瞧这"小"字，很多"大"都是由它演变而来的呢。

@ 遛遛驴：在我心灵最需要休息的时候，你给了我一个肩膀。

@ **庄生**：诗实在没有必要晦涩难懂，像明月太阳的诗才是好诗，并没有人不知道那是明月与太阳，明明白白！

@ **天空寂**：流光溢彩的盛宴，只是我的心灵依旧荒芜啊！

@ **掌心余温**：记住自己的一切，好好和别人分享！

@ **南嫫**：我会下意识地用舞台剧的感觉去读莎翁的所有作品，伊沙的译诗提供了不一样的阅读经验。

@ **黄仁锡**：现代古典皆得心应手，了不得的译本！

@ **袁源 1984**：有文天祥集杜诗的感觉，调和之功，运用之妙，存乎一心！

@ **壮古子勇闯妖鹿山**：翻译可以不需要激情，但是要想翻译得好就必须要有激情了！

@ **赵立宏 1975**：伊沙是莎士比亚的汉语之舌。

@ **沙白在此**："你是祝福，你的佛光普照八荒"，读到这句的确惊呆了，伊沙把莎翁的"硬实力"译得普照八荒了，一洗我以前对莎翁诗歌较弱之成见。

@ **美的黯然失色**：送人玫瑰，手留余香。很喜欢"赞美你是为了赞美我自己"这句话，顶一下！

@ 襄晨：哭着占有害怕失去的东西。高！

@ 那小杰：寓意深刻，语言优美，节奏鲜明。

@ 月亮粉红：精彩的再创作。

@ 忧郁的蔷薇花：莎士比亚的诗大都是很伤感的，颓废中仍有希望。

@ 脚步声声：信，达，雅的翻译水平，是需要自身淬炼的。

@ 李勋阳：哎呀，莎士比亚真是"从漂亮肌肤写到骨头里"。

@ 唤醒欢笑：无论环境多么恶劣，伟大的人依旧伟大啊！

@ 彦一狐：诗人就是需要一个强大的心灵，繁扰才打不倒你，否则内心如何安静？

@ 请叫我智美：每一个措词的不同，都能感受到不同的细节画面。

@49LIU：是的，爱一个人，自己的身上就会呈现出各种季节！

@ 迷糊捣蛋精灵：诗歌应该是关于心灵的述说啊！

@ 微风细雨明月：翻译莎士比亚的诗歌估计有很多种语言，

惟独汉语是最精辟的。

@ 春来处处花草香：汉语很美，莎士比亚也很美，强强联合！

@ 一句话的儿事：运用优美流畅的汉语去解读莎翁的诗篇，相得益彰。

@ 天空寂：写诗的人都有一颗纯洁的心，所以我们都很佩服这群人！

@ 笑嘻嘻的美：把语言摆弄得舒服也是一种本事，不是一般人能做到的。

@ 剪断牵挂：翻译可是一项伟大的工程啊，我们的语言很复杂。

@ 只是低调：真是相当佩服伊沙的翻译水平啊！

@ 王有尾：重读真经典，真大师重现！

@ 韩敬源：强大的语感传递出洪亮震撼的声音！

@ 纯手工打造：诗写得确实不错，不然怎么叫大文豪呢？

@ 冯里尔克：以前看莎翁的十四行诗，很多译本都像散文诗。如今读伊沙的翻译便觉出一层厉害，才知道何谓仰之弥高。不知道能读懂原本的话该是什么感觉？

@ 白糖冰棍：翻译者对于作者要有很深的认识，才能还原出其精髓。

@9分球：非一般文字功底，不可触碰。

@ 本文来自：太伤感了，感情很细腻。

@ 德乾恒美：巨人早出，抒情诗已无余地。

@ 老乌鸦555：每一种乐趣都有它附属的趣味，而我的爱则附属了我的生命、财富及所有的乐趣。爱就是一切，拥有你，就拥有一切。纯粹的爱，多可贵。译本痛快淋漓，爱的宣言一气呵成。

@ 邓艮：这是怎样的一个美人，令生命如此丰富与痛苦？

@ 爱肉组小菜鸟：莎士比亚的确是个很伟大的诗人。

@ 就爱森女：诗句处处动情，让人留恋思考，翻译得也很好！

@ 唐突lsh：心境美好，爱情坚贞幸福者，才能有此译。

@ 悬崖上的爱：独特的结构技巧和语言技巧，花朵的意象太唯美了。

@ 李美华06：缪斯女神，希腊神话中的艺术与青春之神，欧洲诗人常以她比作灵感与艺术的象征,所以莎翁写她完全不奇怪。

@FEELON:爱的活化石,那么美,那么真,那么自然。牛翻译!

@ 此刻不孤单:爱也是一个永恒的话题。

@ 我们的叶子:爱到极致就是小心谨慎。

@ 格木登:文化底蕴丰富、博大精深的汉语,诠释莎诗更雅致。

@ 骑着快马来:伊沙的翻译是冠军,那是必须的。

@ 别人是别人:一般的人,能够小通就不错了!

@pangqiongzh:他们的赞美都只是预言,关于我们这个时代,所有对你的预想。经典,透彻!

@ 独自等待993:每个人都应该对自己更加肯定一点儿。

@ 咖喱炒饭的围脖:此生能有伊沙老师翻译作品的相伴,真是一大幸事!

@ 沙子331100:这个世界上惟有爱生生不息,也惟有梦想让人伟大!

@ 一句话的儿事:口语化的描述,无比顺畅,无比自然。

@ 就我没白吃:我们很多人的早晨是从下午开始的。

@ 中南海363：这样的力度也就伊沙老师能给予我们了。

@ 帅气腾腾老处男：汉语的博大精深、源远流长是其他语言无法比拟的。

@ 跳跳娃回来了：伟大不外乎是文艺复兴的节点。

@ 连接家家：中国的文化多姿多彩，我们要学习的还很多。

@ 哪吒李异：饮尽这时代的毒鸩，吐出流芳千古的诗篇。

@ 李八牌："将时间背出末日边缘"，这首诗让我想到了勃朗宁夫人的爱情。

@ 李振羽：援引古典名句之处真是亮点，既贴切地表达原意，又可给译作加分，还顺便兜售了古汉语的魅力。

@ 海绵不吸水0：如果没有伊沙，这些将是被掩埋的经典。

@ 花间酒一壶：一直梦想突然有一天就有这么好的英语。

@ 声韵悠悠：对时间的喟叹，与曹公的叹息何其类似！

@ 鲁人天狼：没有纯熟的现代汉语，译不出这样地道的诗。

@ 彩铅花：莎翁教会世人如何去爱，怎么去理解爱！

@ 脚步声声：莎士比亚的黑肤情人，无比美妙呵！

@90后诗人朱光明：伊沙老师的译本感觉活了！

@裙角飞扬了：伊沙老师对作品的要求实在是高！

@诗人方钟：诗歌一直是进步的，所以诗人的视野也应该是更广阔的。

@襄晨：伊沙之译，非常有必要。

@陈爱画66：特别欣赏这种不怕别人比较的自信。

@长颈鹿搽果酱：翻译就好像是瓢，但关键还是看葫芦是从哪儿来的。

@美的黯然失色：伊沙老师高调的资本就是超越了以往的译者，把最贴近现代的展现给我们。

@无用000：美好的事物固然诱人，但它未必是真好，有可能是美丽的罂粟，好看但却有毒。我想这首是呼唤理性之美，希望大家不要为美而盲目！

@一酒解千愁：有时候觉得眼神真的是很神奇的东西，一眼万年！

@君儿123：伊沙的现代感更强。

@ **甘肃小麦**：一读又一读，之后，拍案叫绝！

@ **哥是夜归人**：要是一个诗人不钟情，写出来的诗也不会吸引人的。

@ **湘莲子**：怪不得有人含沙射影、似贬实褒地说沙译是原创。跟前译比，沙译里这位母亲的爱如此自然真切，如同我们身边任何一位寻常母亲。

@ **月色冷**："我"男女通吃，"有两大情人"，结果两个"都离我而去，结为狐朋狗友"，让自己深陷"炼狱"中煎熬。有意思的是，"我"把这一切怪罪于其中的一个情人——"坏幽灵是一个黝黑邪恶的女人"，认为是"我邪恶的鬼魅"；"引诱我的好天使从我身边离开，诱惑我的圣人堕落成魔鬼"。同为"我"的情人，态度迥异。

@ **沈浩波**：翻译得炉火纯青！

@ **张飞83**：莎翁九泉之下肯定很欣慰在中国还有这么一位知己！

@ **作家赵凝**："我的爱依旧是一种发烧的憧憬。"这一句译得非常棒！

@ 西娃： 两首译作相比，伊沙的自然和流畅感符合我的阅读胃口，很多译作的生硬也导致诗歌的阅读障碍。

@ 大爷也缺钱： 用心，自己投入了，才能感动他人。

@ 云中的灰： 爱，就是要趁着年轻，那一份懵懂无知的心态。

@ 雷暗： 爱哦，太过悲催，太过炽烈，火焰和海水难分难解、相生相克。爱恨交加，好在"爱人太年轻"……"到此问诊"，解得真爱！

@ 不跟你玩我自己玩： 有了参与的对比，才知道人与神的区别。